## Zu diesem Buch

Roald Dahl, geboren am 13. September 1916 in Llandaff bei Cardiff als Sohn norwegischer Eltern, absolvierte nach dem Besuch der Public School Repton eine kaufmännische Lehre bei der Shell Oil Company in London, die ihn 1936 nach Tanganjika schickte. Bei Ausbruch des Zweiten Weltkriegs meldete er sich freiwillig und wurde Pilot der Royal Air Force. Nach einer schweren Verwundung wurde er bis zum Kriegsende als stellvertretender Luftwaffenattaché an die britische Botschaft in Washington versetzt. Anschließend lebte Dahl abwechselnd in den USA und England als Drehbuchautor, Publizist und freier Schriftsteller. Roald Dahl starb am 21. November 1990 in der Nähe von London.

Weltberühmt wurde er mit seinen meisterlich-makabren, scharf pointierten Erzählungen in Büchern wie «Küßchen, Küßchen!» (rororo Nr. 835; auch als Großdruck Nr. 33110), «... und noch ein Küßchen!» (rororo Nr. 989) und «Kuschelmuschel» (rororo Nr. 4200). Von Roald Dahl erschienen ferner: «... steigen aus ... maschine brennt...» (rororo Nr. 868), «Der krumme Hund» (rororo Nr. 959), «Ich sehe was, was du nicht siehst» (rororo Nr. 5362), «Onkel Oswald und der Sudan-Käfer» (rororo Nr. 5544), «Boy. Schönes und Schreckliches aus meiner Kinderzeit» (rororo Nr. 5693), «Konfetti» (rororo Nr. 5847), «Im Alleingang. Meine Erlebnisse in der Fremde» (rororo Nr. 12182), «Roald Dahl's Buch der Schauergeschichten» (rororo Nr. 12629), «Mein Freund Claud» (rororo Nr. 12764), «Danny oder Die Fasanenjagd» (rotfuchs Nr. 315), «Der Zauberfinger» (rotfuchs Nr. 422), «James und der Riesenpfirsich» (rotfuchs Nr. 433), «Sophiechen und der Riese» (Deutscher Jugendliteraturpreis 1985; rotfuchs Nr. 582), «Hexen hexen» (rotfuchs Nr. 587), «Der fantastische Mr. Fox» (rotfuchs Nr. 615), «Die Zwicks stehen kopf» (rotfuchs Nr. 609), «Matilda» (rotfuchs Nr. 855), «Das riesengroße Krokodil» (Rowohlt), «Das Wundermittel» (Rowohlt), «Georgy Porgy. Gesammelte Erzählungen» (Rowohlt), «Charlie und die Schokoladenfabrik / Charlie und der große gläserne Fahrstuhl», «Reimtopf», «Das Konrädchen bei den Klitzekleinen», «Ottos Geheimnis», «Die Giraffe, der Peli und ich», «Durch das Jahr mit Roald Dahl» und «Roald Dahls Rotzfreche Rezepte» (alle Wunderlich).

Roald Dahl

# Die Prinzessin und der Wilderer

## Vier Geschichten

Deutsch von Thomas Koch

rororo

Rowohlt

«The Princess and the Poacher» und «Princess Mammalia»
erschienen unter dem Titel «Two Fables»
1986 im Verlag Viking Penguin, London und New York.
«The Bookseller» und «The Surgeon»
wurden nach den Manuskripten des Autors übersetzt.

Veröffentlicht im
Rowohlt Taschenbuch Verlag GmbH,
Reinbek bei Hamburg, April 1997

Umschlaggestaltung und Illustration
von Bernhard Kunkler
Gesamtherstellung Clausen & Bosse, Leck
Printed in Germany
990-ISBN 3 499 13996 0

# Inhalt

# Die Prinzessin und der Wilderer

Obwohl Hengist inzwischen 18 Jahre alt war, spürte er noch immer kein Verlangen danach, in die Fußstapfen seines Vaters zu treten und Korbmacher zu werden. Ja, er weigerte sich sogar, am Flußufer Weidenruten zu schneiden. Dies betrübte seine Eltern sehr, doch sie waren klug genug zu wissen, daß es sich selten auszahlt, wenn man einen jungen Burschen zu einer Arbeit zwingt, die er nicht mit Lust und Liebe verrichtet.

In seiner äußeren Erscheinung war Hengist ein über die Maßen reizloser Jüngling. Mit seinem gedrungenen Körper, seinen kurzen Säbelbeinen, seinen überlangen Armen und seinem grobschlächtigen Gesicht sah er beinahe so aus, als habe er etwas von einem Gorilla an sich. Gewiß, er war sehr stark. Mit bloßen Händen konnte er eine fünf Zentimeter dicke Eisenstange biegen, und einmal hatte er einen alten Fuhrmann, dessen Pferd in den Graben gestürzt war, in Erstaunen versetzt, als er das Tier kurzerhand mit den Armen umfaßte und wieder auf den Weg hob.

Natürlich fand Hengist Gefallen an schönen Jungfrauen. Doch wie zu erwarten steht, fand keine Jungfrau, ob schön oder nicht, an Hengist Gefallen. Gewiß, er war ein liebenswerter Bursche, doch die Häßlichkeit, die Frauen an Männern noch zu ertragen gewillt sind, hat Grenzen. Bei Hengist waren diese Grenzen überschritten. Er war so häßlich, daß außer seiner Mutter kein weibliches Wesen etwas mit ihm zu tun haben wollte. Das bereitete dem Burschen großen Kummer. Es war auch ganz ungerecht, denn kein Mensch kann etwas für sein Aussehen.

Der arme Hengist. Obwohl er wußte, daß keine Jungfer und keine Magd im Königreich ihm je angehören würde, sehnte und verzehrte er sich mit unverminderter Leidenschaft nach ihnen. Immer wenn er ein Mädchen Kühe melken oder Wäsche aufhängen sah, hielt er inne, starrte es an, und es verlangte ihn ganz schrecklich danach, es zu besitzen.

Zu seinem Glück sollte er seine überschüssigen Kräfte bald auf andere Weise einsetzen können. Um seine Glut zu kühlen, hatte er es sich zur Gewohnheit gemacht, ausgedehnte Wanderungen durch Wald und Flur zu unternehmen, und in den folgenden Wochen gewann er Mutter Natur fast unmerklich lieb. Er verbrachte seine Tage damit, in der Einöde umherzustreifen, eine stille, einsame und furchtbar abstoßende Gestalt im Zwiegespräch mit der Natur. Und so kam es, daß er allmählich und wie von selbst vieles über die Lebensweise der Tiere und Vögel lernte. Zu seiner Freude erkannte er zudem seine Begabung, so leise durch den Wald zu pirschen, daß er eine scheue Kreatur wie den Hasen oder Hirschen fast mit der

Hand berühren konnte, bevor sie seiner Anwesenheit gewahr wurde. Das war nicht allein seiner Übung zuzuschreiben. Es schien ein ihm gegebenes Talent zu sein, ein seltenes Geschick, mit der Umgebung zu verschmelzen und, beinahe wie eine Spukgestalt, unversehens wieder aufzutauchen, ohne daß Mensch, Tier oder Vogel ihn hatten nahen sehen.

Seine Familie war bettelarm; nur alle Jubeljahre kam einmal Fleisch oder Wild auf den Tisch. Wen wundert es da, daß Hengist schnell darauf kam, wie er ihr Los, und freilich auch sein eigenes, ganz leicht verbessern konnte, indem er ein bißchen wilderte. Zuerst hielt er sich noch zurück, er beschränkte sich auf ein Kaninchen oder Rebhuhn die Woche, doch über kurz oder lang übermannten ihn das Jagdfieber und das schiere Vergnügen an der Pirsch. Endlich etwas, in dem er sich hervortat! Denn Wildern ist eine Kunst. Der Kitzel, wenn er sich unbemerkt an einen kauernden Hasen anschlich oder einen auf einem Ast schlummernden Fasan mit einem raschen Griff packte, erfüllte ihn mit einer nie gekannten Befriedigung. Hengist verfiel der Jagd.

Doch im Königreich zu wildern war ein gefährliches Unterfangen. Ländereien, Forste und Gewässer gehörten allesamt entweder dem König selbst oder einem der angesehenen Herzöge, und wenngleich das Volk auf den Pfaden durch ihre Besitzungen spazierengehen durfte, war das Wildern strengstens verboten. Wer von den gekennzeichneten Wegen abwich, tat dies auf eigene Gefahr. Überall im

Unterholz waren geschickt getarnte Menschenfallen aufgestellt, deren eiserne Fangzähne einem Mann das Bein bis auf den Knochen durchbeißen konnten, wenn er auf die Platte trat, die den Federmechanismus zuschnappen ließ. Und darin saß der Ärmste dann wie angewurzelt fest, bis ein die Runde machender Aufseher ihn tags darauf fand.

In den Augen des Königs und der Herzöge war Waldfrevel ein schlimmeres Verbrechen als Mord. Auf Mord stand einfach nur Tod durch Erhängen, doch die Strafe für Waldfrevel war weitaus unangenehmer. Einen überführten Wilderer wog man zunächst auf einer besonderen Waage. Dann verfertigte man zwei bleierne Fußreifen, deren Gewicht der Hofmathematiker zuvor auf das sorgfältigste berechnet hatte. Die legte man dem Opfer um die Knöchel, bevor man es mit auf dem Rücken gefesselten Händen in das große steinerne Ersäuffaß hinabließ, das auf dem Marktplatz der Hauptstadt stand. Auch die Größe des Mannes war zuvor vom Mathematiker gemessen und dem Faß entsprechend Wasser hinzugefügt oder entnommen worden, so daß sich der Scheitel des Mannes knapp unter der Wasseroberfläche befand, wenn er auf Zehenspitzen auf dem Grund stand. Infolgedessen verausgabte sich das Opfer stunden-, zuweilen tagelang, indem es, vom Gewicht der Fußreifen hinabgezogen, immer wieder hochsprang, sobald seine Füße Grund berührten, um nach Luft zu schnappen. Schließlich ging der Delinquent vor Erschöpfung vollends unter. Diese unangenehme Strafe trug sehr dazu bei, das Volk von Gesetzesübertretungen abzuhalten. Die Jagd blieb ausschließlich der königlichen Familie und den Herzögen vorbehalten.

Doch Hengist ließ sich nicht abschrecken. Er vertraute so sehr auf seine Schleichkünste, daß er sich vor dem schrecklichen Ersäuffaß nicht fürchtete. Seine Eltern ängstigten sich natürlich zu Tode. Jedesmal wenn er des Abends fortging oder bei Tagesanbruch mit einem leckeren Rebhuhn oder einem Häschen unter der Joppe zurückkehrte, bangten sie um ihren Sohn, und freilich auch um sich selbst. Doch die Überzeugungskraft des Hungers ist groß, und noch stets wurde die Beute entgegengenommen, gebraten und mit Genuß verschlungen.

«Du bist doch auf der Hut, nicht wahr, mein Sohn?» sagte die Mutter dann, während sie schmatzend auf dem zarten Bruststück einer Waldschnepfe kaute.

«Ich paß schon auf, Mama», pflegte Hengist zu erwidern. «Der hochmögende König und seine Hofschranzen, die können mir nix anhaben.»

Bald verließ Hengist sich so sehr auf sein Jagdgeschick, daß er den Schutz der Dunkelheit verschmähte und am hellichten Tag zu wildern begann wie nur die ganz Mutigen oder die ganz großen Toren. Und eines schönen Frühlingsmorgens beschloß er, sein Glück im Allerheiligsten des Reiches zu versuchen, in jenem sorgsam bewachten Bezirk des königlichen Forstes, der am Fuß der Schloßmauern lag, hinter denen der König wohnte. Dort gab es Wild in Hülle und Fülle, mehr als irgendwo sonst, doch es drohte auch große Gefahr. Hengist genoß ihren Kitzel, als er auf leisen Sohlen in den Wald schlich.

Nun stand er reglos unter einer mächtigen dunklen Buche, belauerte einen jungen Rehbock, der keine fünf Schritt vor ihm äste, und wartete auf den geeigneten Augenblick, um sich auf ihn zu stürzen. Aus den Augenwinkeln konnte er die Südmauer des Königsschlosses sehen, und in der Ferne hörte er Hornsignale. Am Tor wird Wachwechsel sein, sagte er sich. Doch bei einem weiteren Seitenblick erspähte er unversehens am Rand seines Gesichtsfeldes eine Gestalt unter den Bäumen, kaum 40 Schritt entfernt. Langsam wandte er den Kopf, um das Wesen näher in Augenschein zu nehmen, und siehe da, er sah sogleich, daß es niemand anderes war als die Prinzessin, des Königs einziges Kind und sein Augenstern. Die Jungfer war so schön, daß Hengist der Atem verging. Sie war ganze 17 Jahre alt, und ihre Haut war so sanft und glatt wie ein Seidenhandschuh. Offenbar verbrachte sie den Vormittag Glockenblumen pflückend im Wald. Und da stand sie nun. Als Hengist sie erblickte, tat sein Herz einen Sprung, und ihn überkam ein Schwall der vertrauten Leidenschaft. Im ersten unbesonnenen Augenblick erwog er, die Jungfer zu überrumpeln, vor ihr auf die Knie zu fallen und ihr flüsternd seine Liebe und Verehrung zu gestehen. Doch er wußte nur zu genau, was dann geschehen würde. Sie würde einen einzigen Blick auf seinen häßlichen Körper werfen und dann schreiend davonlaufen, und ihn würde man ergreifen und hinrichten. Als nächstes fiel ihm ein, daß er sich an sie heranschleichen, unbemerkt hinter ihr auftauchen, ihr den Mund zuhalten und sie sich mit Gewalt gefügig machen könnte. Diesen schändlichen Gedanken schlug er sich allerdings sogleich aus dem Kopf, denn er verabscheute jegliche Gewalt.

Was dann geschah, ging sehr schnell. In der Nähe erschallten Jagdhörner. Hengist fuhr herum und sah den gewaltigsten Keiler, der ihm je unter die Augen gekommen war, zwischen den Bäumen heranpreschen, und keine 50 Schritt dahinter ritten der König persönlich und eine Schar Edelleute, die dem Keiler in vollem Galopp mit eingelegten Spießen nachsetzten. Die Prinzessin stand dem Keiler genau im Weg, und er machte keinerlei Anstalten, einen Bogen um sie zu schlagen. Im Gegenteil: Ein gehetzter Keiler wird in seinem Zorn jeden angreifen, der ihm in die Quere kommt. Schlimmer noch, manchmal weicht er sogar von seiner Bahn ab und attackiert zufällig in der Nähe befindliche Unbeteiligte. Jetzt hatte der Keiler die Prinzessin bemerkt, und schon ging er auf sie los. Hengist sah, daß die Jungfer ihren Strauß Glockenblumen fallen ließ und fortrannte. Aber dann schien sie die Nutzlosigkeit ihres Tuns einzusehen; sie blieb stehen und schmiegte sich an den Stamm einer riesigen Eiche. Und da stand sie nun, hilflos, die Arme ausgebreitet wie zur Kreuzigung, und erwartete das Tier, das in wildem Galopp auf sie zustürmte. Hengist sah den Keiler, der so groß war wie ein kleiner Bulle, mit gesenktem Haupt zum Angriff ansetzen; die spitzen, schimmernden Stoßzähne waren geradewegs auf das Opfer gerichtet.

Er schoß los wie von der Sehne geschnellt. Er flog dahin, daß seine Füße kaum noch den Boden berührten, und als er merkte, daß der Keiler ihm zuvorkommen würde, tat er einen letzten, verzweifelten Satz, streckte die Arme weit aus und bekam die Hauer gerade noch zu packen, bevor sie die Taille der Jungfer durchbohrten. Hengist und der Keiler wälzten sich in wildem Kampfgetümmel auf der Erde, doch der Jüngling klammerte sich fest an die Hauer, und als er wieder aufsprang, zogen die kräftigsten Arme im ganzen Königreich den Keiler mit und stemmten ihn in die Höhe. Dann ein jäher Ruck der Hände – und sogar der einige 30 Schritt entfernte König hörte, wie das Rückgrat des Keilers brach. Schließlich schwenkte Hengist das gewaltige Tier ein paarmal hin und her, bevor er es so mühelos hinter sich schleuderte, als handele es sich um ein Scheit Feuerholz.

Der König war als erster bei ihnen; er zügelte sein schäumendes Pferd aus wildem Galopp dicht neben seiner Tochter. Das halbe Dutzend Edelleute in seinem Gefolge kam hinter ihm zum Stehen. «Mein Liebling! Kindchen! Bist du wohlauf?» rief der König und sprang von seinem Jagdroß. Er hatte alles, das ganze sekundenschnelle Schauspiel, mitangesehen und beim Anblick des auf seine Tochter zustürmenden Keilers ernstlich geglaubt, es wäre aus mit ihr. Und dann war dieser wundersame Mensch pfeilschnell zwischen den Bäumen hervorgeschossen und hatte sich im letzten Augenblick auf den furchtbaren Keiler gestürzt. Der König war bleich, als er die Prinzessin in die Arme schloß, um sie zu trösten. Hengist stand verlegen daneben und wußte nicht recht, wohin mit seinen Händen und Füßen und überhaupt mit sich.

Schließlich wandte sich der König zu ihm um. Einen Augenblick lang verschlug es ihm angesichts eines so ausnehmend häßlichen Jünglings vor Schreck die Sprache. Doch er wandte sich nicht ab, und je länger er hinsah, desto mehr behagte ihm der Anblick. Männer fühlen sich von den ungeschlachten Zügen eines anderen Mannes nur selten abgestoßen; hingegen tun sie sich mit ungewöhnlich gutaussehenden Geschlechtsgenossen durchweg schwer. Unter Frauen verhält es sich oft ebenso. Und doch ist allgemein bekannt, wie nachhaltig körperliche Schönheit auf das *andere* Geschlecht wirkt. Dies ist eines der Mysterien des Lebens, aber, wie der weise König wußte, im nachhinein oft genug auch Anlaß für herbe Enttäuschungen. Wahrhaftig, sagte sich der König, während er den wunderlichen Burschen anstarrte, der da vor ihm stand, wie sehr er sich doch von den nachlässigen, verweichlichten und wollüstigen jungen Höflingen unterscheidet, die bei Hofe um mich sind! Das ist ein Mann von echtem Schrot und Korn! Er ist mutig, flink und furchtlos – zum Teufel mit seinem Aussehen! In diesem Augenblick begann in der durchtriebenen Phantasie des Königs ein schlauer Plan Gestalt anzunehmen.

Er verlieh seiner sonoren Herrscherstimme einen gerührten Klang und sprach: «Junger Mann, du hast mir heute den größten Dienst erwiesen, den ein Untertan seinem König leisten kann. Du hast mein wertvollstes Kleinod gerettet, die Zierde meines Königreiches, mein einziges Kind, das mein einziges bleiben wird, denn die arme Königin ist tot. Ich will dafür Sorge tragen, daß du reich belohnt wirst. Bitte begleite mich umgehend zum Schloß.»

Damit hob der König die Prinzessin auf sein Jagdroß und saß hinter ihr auf. Seine Begleiter trabten davon, und ein verwirrter Hengist rannte nebenher.

Im Schloß angekommen, berief der König sogleich den Ältestenrat ein. Nach außen hin regierte diese parlamentarische Versammlung alter Männer das Königreich, aber in Wirklichkeit traf der König selbst alle Entscheidungen. Kein Mensch wagte es, dem Monarchen zu widersprechen.

Im Ratszimmer nahmen die Ältesten, 20 an der Zahl, auf ihren Bänken Platz. Über ihnen thronte auf einem Podest der König, und neben ihm stand Hengist. Dessen Aufzug war dem Anlaß nicht gerade angemessen. Er trug ein Hemd aus einer Art Sackleinen, seine Kniehosen starrten vor Dreck, und seine Füße steckten ohne Strümpfe in selbstgeschusterten Sandalen. Die Ältesten starrten dieses häßliche, unpassend gekleidete Geschöpf voller Abscheu an. Der König aber lächelte. Er war ein verschrobener Mensch, dieser König, stets für einen ausgefallenen Jux oder geschickt eingefädelten Streich zu haben. So verbargen sich etwa unter der Tischkante der königlichen Tafel, an der zwölf Gäste Platz hatten, ebenso viele kleine Wasserhähne. Wenn einer der Gäste, gleich welchen Geschlechts, dem König lästig fiel oder etwas Törichtes sagte, griff dieser unter den Tisch und öffnete den entsprechenden Hahn, worauf ein kräftiger Wasserstrahl aus einem winzigen Loch in der Sitzfläche des Stuhls dem Missetäter stracks den Rücken hinaufschoß.

Der König hatte schnell erkannt, daß Hengist sich mit seinem abstoßend häßlichen Äußeren in geschlechtlichen Dingen zurückgesetzt fühlen mußte wie kein anderer Mann im Königreich. Und tatsächlich war ihm aufgefallen, daß einige Hofdamen bei einer Begegnung mit dem Jüngling schaudernd ihre Gesichter verhüllt hatten. All das paßte ausgezeichnet in seinen raffinierten Plan.

«Hochgelehrter Rat», so wandte er sich an die Versammelten, «dieser tapfere Jüngling, Hengist ist sein Name, hat durch eine unglaublich mutige Tat der Prinzessin, eurer künftigen Königin, das Leben gerettet. Er kann gar nicht hoch genug belohnt werden. Darum soll er einen Ehrensold von jährlich 1000 Goldtalern erhalten und in einem stattlichen Freisitz auf königlichem Grund und Boden Unterkunft finden. Bedienstete, eine verschwenderisch ausgestattete Kleiderkammer und was immer er zu seinem Wohlbefinden noch begehren mag, sind ihm zur Verfügung zu stellen.»

«Hört, hört», murmelten die Ältesten. «Das hat er wahrlich verdient.»

«Aber das ist noch gar nichts im Vergleich zu den Vergünstigungen, die ich ihm ferner gewähren will», fuhr der König fort. «Ich bin zu dem Schluß gekommen, daß die größte Belohnung, die ich diesem ritterlichen und tapferen Jüngling angedeihen lassen kann, die folgende sei: Kraft meines Amtes gewähre ich ihm hiermit das Recht...» An dieser Stelle machte der König eine dramatische Pause. Die Ältesten warteten. «...gewähre ich ihm hiermit das uneingeschränkte Recht, sich jeder Jungfrau, Magd, Herrin, Freifrau, Gräfin, Herzogin sowie eines jeden anderen weiblichen Wesens zu seinem Vergnügen zu bedienen, wann immer er es wünscht.»

Unter den Ältesten brach ein Aufruhr los. «Das könnt Ihr nicht machen», riefen sie. «Was ist mit unseren Frauen? Was mit unseren Töchtern?»

«Was soll mit ihnen sein?» fragte der König. «Ihr werdet bemerkt haben, daß ich nicht einmal die Prinzessin davon ausnehme, warum sollte ich also für eure nichtsnutzigen Frauen oder Töchter eine Ausnahme machen?»

«Das dürft Ihr nicht tun, Majestät!» riefen die Ältesten. «Es wird bei Hofe zu einem Chaos führen! Zu Notzucht auf den Gängen! Das ganze Schloß wird sich in ein Tollhaus verwandeln! Unsere armen, unschuldigen Töchter! Unsere lieben Frauen!»

«Ich bezweifle, daß eure Töchter oder Frauen in Frage kommen», bemerkte der König ungerührt. «Nur große Schönheiten werden überhaupt Aussicht haben, Beachtung zu finden. Wenn ein Mann die Wahl hat, trifft er sie sorgsam.»

«Wir flehen Euch an, Majestät!» jammerten die Ältesten. «Zwingt uns nicht, ein solches Gesetz zu verabschieden!»

«Ihr mögt einwenden, was ihr wollt, nichts wird mich davon abbringen», sagte der König. «Überdies verfüge ich, daß jede Frau, die sich Graf Hengists Werben widersetzt – ich habe ihn, nebenbei bemerkt, soeben in den Adelsstand erhoben –, den Tod im Ersäuffaß finden soll.»

Die Ältesten waren allesamt aufgesprungen, fuchtelten mit ihren Tagesordnungen und schrien den König an. «Jetzt habt Ihr den Bogen überspannt!» schimpften sie. «Sexuelle Ausschweifung wird unser Land zersetzen!»

«Seid euch da nicht so sicher», sagte der schlaue König.

«Ausschweifung! Zersetzung!» beharrten die Ältesten im Chor. «Notzucht auf den Schloßwällen! Das kommt nicht in Frage!»

«Hört zu», sagte der König, der langsam die Geduld verlor, «wenn ihr mir noch mehr Scherereien macht, lasse ich euch alle ins Ersäuffaß stecken!»

Da hielten sie den Mund.

«Zum Schluß», setzte der König hinzu, «schreibt euch gefälligst hinter die Ohren, daß jeder Mann, gleich ob Vater, Gatte oder Bruder, der den erlauchten Grafen an der Befriedigung seines Verlangens zu hindern versucht, ebenfalls den Tod im Ersäuffaß finden wird. Drücke ich mich deutlich genug aus?» Der König hatte einen eisigen Ton angeschlagen, und die Ältesten setzten sich schweigend und schmollten. Sie wußten, daß der Regent, hinter dem das gesamte Heer stand wie ein Mann, allmächtig war. Er setzte stets seinen Willen durch.

«Setzt unverzüglich die öffentliche Bekanntmachung auf», sagte der König. «Laßt sie im ganzen Königreich in Stadt und Land anschlagen. Befehlt den Ausrufern der Städte, die Kunde in allen Weilern zu verbreiten. Gebt dem Volk bekannt, daß Graf Hengist das Vorrecht auf alle Frauen im Land genießt. Und weist insbesondere auf die Strafen für Ungehorsam hin. Tragt ferner Sorge dafür, daß Graf Hengist eine Vollmacht erhält, die er jeder Jungfer oder Magd, nach der es ihn verlangt, vorzeigen kann.»

So erlangte dieser außergewöhnliche Erlaß Gesetzeskraft. Hengist bezog unter dem uneingeschränkten Schutz des Königs ein stattliches Haus nahe beim Schloß, wo Bedienstete ihn badeten, zurechtmachten und lehrten, sich nach Art des Hofes zu kleiden.

Anfangs war der arme Kerl ganz konfus. Er irrte unbeholfen durch den Palast, und jedermann ging ihm aus dem Weg. Die Herzöge zeigten ihm die kalte Schulter oder übersahen ihn einfach. Die Hofdamen liefen um ihr Leben, sobald er in Sicht kam. Und wer wollte es ihnen verdenken? Nicht einmal die verkommensten Dirnen wollten dem armen Kerl zu nahe kommen. Samt und sonders behandelten sie ihn wie einen Aussätzigen.

Doch Hengist war etwas Seltsames widerfahren. Unversehens schien sein Verlangen verflogen zu sein. Zwar wußte er durchaus, über welch ungeheure Macht er verfügte. Er war sich der vollen Unterstützung des Königs gewiß. Und es stand ihm frei, sich nicht nur bei Hofe, sondern überall in Stadt und Land jede Jungfer gefügig zu machen, die er begehrte. Doch leider Gottes begehrte er keine. Ihm war einfach die Lust vergangen. Es war die alte Geschichte von der verbotenen Frucht. Wer sie gefahrlos pflücken kann, dem vergeht der Appetit.

Eines Morgens spazierte der König, der all dies einige Wochen lang mit heimlicher Belustigung verfolgt hatte, mit der Prinzessin über den Schloßwall, als Hengist plötzlich des Wegs kam. «Wie geht's, wie steht's», sagte der König und klopfte dem Jüngling auf die Schulter.

«Majestät», sagte Hengist, «um ehrlich zu sein, ich mach mir nix aus dem, was Ihr mir da angetan habt.»

«Aber mein lieber Junge», sagte der König, «wo drückt denn der Schuh?»

«Hier mag mich ja keiner», sagte Hengist, «alle behandeln mich wie Dreck.»

«Ich mag dich», sagte die Prinzessin da auf einmal.

Hengist glotzte sie an. «Du?» sagte er.

«Du bist der einzige Mann im Schloß, der mir

nicht auf den Gängen nachstellt», sagte die Prinzessin. «Du bist der einzige anständige Mensch hier.»

«Wenn ich es recht bedenke, mein Liebling», sagte der König lächelnd, «will es mir scheinen, als ob du recht hättest.»

«Ich weiß, daß ich recht habe, Vater», sagte die junge Schöne. «All die anderen Männer hier sind abscheuliche Widerlinge. Ich hasse sie.»

«Einige sind doch sehr ansehnlich, mein Liebes», sagte der König.

«Das spielt überhaupt keine Rolle!» rief die Prinzessin. «Ich pfeife auf Äußerlichkeiten!»

«Heißt das, du magst mich ein wenig?» erkundigte Hengist sich schüchtern.

«Dich *mögen*?» rief die Prinzessin aus und warf sich ihm in die Arme. «Ich liebe dich!»

Der König entfernte sich leise und ließ die beiden allein. Er war hochzufrieden mit dem Verlauf der Dinge.

# Prinzessin Busenschön

Als Prinzessin Busenschön am Morgen ihres 17. Geburtstages aufstand und ihr Gesicht im Spiegel betrachtete, traute sie ihren Augen nicht. Bisher war sie ein recht unansehnliches, dickes Kind mit einem Specknacken gewesen, doch heute erblickte sie unversehens eine junge Dame, die sie noch nie gesehen hatte. Über Nacht hatte eine wundersame Verwandlung aus der unansehnlichen kleinen Prinzessin eine strahlende Schönheit gemacht. Ich verwende das Wort ‹strahlend› in seinem ureigensten, buchstäblichen Sinn, denn als sie ein Stündchen später hinunterging, um ihre Geschenke auszupacken, erstrahlte ihr Antlitz in einem solchen Sterngefunkel von schimmernder Pracht und blendender Schönheit, daß diejenigen, die ihr von nahem staunende Blikke zuwarfen, die Augen zusammenkneifen mußten, weil sie Angst hatten, daß ihre Netzhaut von dem Glanz Schaden nehmen könnte. Selbst den Hofastronomen hörte man murmeln, es sei sicherer, die junge Dame – so wie man bei einer Sonnenfinsternis verfahre – durch eine rußige Glasscherbe zu betrachten.

Von Kindesbeinen an hatte Prinzessin Busenschön sich im Palast wegen ihres sanften und bescheidenen

Wesens großer Beliebtheit erfreut. Nun allerdings kam sie schnell dahinter, daß eine hinreißende Schönheit sich sehr viel schwerer tut als ein unansehnliches Kind, sanft und bescheiden zu bleiben. Sie merkte nämlich, daß ihr diese außerordentliche Schönheit ungeheure Macht verlieh. Wenn sie in ihrem neuerworbenen Glanz in Erscheinung trat, überwältigte das Verlangen die Männer mit solcher Macht, daß die Prinzessin nach Belieben über sie verfügen konnte. Kalifen und Radschas, Generäle und Großwesire, Kanzler und Minister, Kameltreiber und Pachteinzieher schmolzen gleichermaßen dahin, sobald sie in Sicht kam. Sie scharwenzelten und tänzelten. Sie sabberten und plapperten. Sie speichelten und schmeichelten. Die Prinzessin brauchte nur mit den Fingern zu schnippen, und schon stoben sie alle durchs Zimmer, um ihr zu Gefallen zu sein. Sie brachten ihr prächtiges Geschmeide und goldene Armreifen. Sie verhießen verschwenderische Liebesmahle an lauschigen Plätzchen, und sobald einer sie allein in einem stillen Winkel zu fassen bekam, flüsterte er ihr schlüpfrige Dinge ins Ohr. Auch mit dem Personal gab es Schwierigkeiten. Diener sind nun einmal Männer wie Höflinge auch, und nach mehreren unliebsamen Zwischenfällen auf den Gängen des Palastes sah sich der König ganz gegen seinen Willen – denn er war ein guter König – gezwungen zu befehlen, daß sämtliche männlichen Bediensteten umgehend zu entmannen seien. Nur der Küchenmeister kam davon. Er behauptete, dadurch würden seine Kochkünste ruiniert.

Zunächst genoß die Prinzessin ihre unverhoffte Macht tatenlos und in bezaubernder Unschuld. Doch das konnte nicht von Dauer sein. So etwas läßt niemanden lange kalt, geschweige denn eine Jungfer von 17 Jahren. Das war wirkliche Macht, Macht, wie sie ein so junger Mensch bislang noch nie gekannt hatte. Und die Macht ist eine gestrenge Zuchtmeisterin, das merkte die Prinzessin bald. Es ist unmöglich, Macht zu besitzen und sie nicht auszuüben. Sie will ausgeübt sein. Also begann die Prinzessin ihre Macht über die Männer mit Bedacht einzusetzen, bescheiden zunächst, dann immer ungenierter. Es war lächerlich einfach, so einfach wie mit Marionetten zu spielen.

Inzwischen machte sie eine weitere Entdeckung: Erwirbt eine Frau so große Macht, daß die Männer ihr aufs Wort gehorchen, so fängt sie an, die Männer zu verachten. Binnen eines Monats erkannte die Prinzessin, daß sie nur noch Abscheu und Ekel vor dem männlichen Geschlecht empfand. Sie begann allerlei Possen und Listen zu ersinnen, um ihre Verehrer zu demütigen. Beispielsweise unternahm sie Spaziergänge durch die Stadt und stellte sich auf der Straße den einfachen Leuten zur Schau. Umringt von ihrer treuen Eunuchengarde sah sie dann belustigt zu, wie die männlichen Untertanen beim Anblick ihrer strahlenden Schönheit vor Verlangen den Verstand verloren, zu Hunderten gegen die Lanzen der Leibgarde anrannten und aufgespießt wurden.

Spätabends, bevor sie zu Bett ging, verschaffte sie

sich Zerstreuung, indem sie auf den Balkon hinausschlenderte und sich dem lüsternen Volk zeigte, das unten auf dem Schloßhof in Scharen zusammenzuströmen pflegte, um einen Blick auf sie zu erhaschen. Und warum auch nicht? Sie sah blendender und begehrenswerter aus denn je, wie sie da im Mondlicht stand. Ja sie stellte selbst den Mond in den Schatten, und sobald sie erschien, verfielen die Untertanen in Raserei. Sie jauchzten, rauften sich die Haare und brachen sich beim Ansturm gegen die schroffen Mauern des Palastes die Knochen. Hin und wieder goß die Prinzessin ein oder zwei Kübelchen mit siedendem Blei über ihren Köpfen aus, um ihnen Kühlung zu verschaffen.

Das war schlimm genug, doch es sollte noch schlimmer kommen. Wie man weiß, ist die Macht in all ihren tückischen Spielarten eine unersättliche Bettgenossin. Je mehr man hat, je mehr man will, und nie wird man ihrer überdrüssig. Im Verlauf weniger Monate wuchs und wuchs der Machthunger der Prinzessin – bis sie am Ende unwillkürlich mit dem Gedanken zu spielen begann, die höchste Gewalt im Lande an sich zu reißen und selbst den Thron zu besteigen.

Sie war das älteste von sieben Kindern, allesamt Mädchen, und ihre Mutter war gestorben. Folglich war sie ohnehin die rechtmäßige Thronfolgerin. Aber was nützte das? Ihr Vater, der König, noch unlängst ihr Augenstern, reizte sie nun zu rasendem Zorn. Er war ein gütiger und barmherziger Herrscher, den das Volk sehr liebte, und da er ihr Vater war, stand er als einziger Mann im Königreich bei ihrem Anblick nicht kopf. Schlimmer noch war, daß er sich bester Gesundheit erfreute.

Es ist bezeichnend für den zutiefst verderblichen Einfluß der Macht, daß die Prinzessin nun tatsächlich einen Anschlag auf das Leben ihres Vaters zu planen begann. Doch das war leichter gesagt als getan. Ganz allein und ohne sich erwischen zu lassen einen bedeutenden Herrscher kaltzumachen ist gar nicht so einfach. Gift war eine Möglichkeit, aber Giftmörder werden in aller Regel gefaßt. Tage- und nächtelang sann die Prinzessin über diese Frage nach, ohne eine Antwort darauf zu finden. Eines Abends dann schlenderte sie nach dem Nachtmahl wie gewöhnlich hinaus auf den Balkon und gedachte sich ein Weilchen abzulenken, indem sie den darunter versammelten lüsternen Untertanen den Kopf verdrehte, doch siehe da, es hatte sich niemand eingefunden. Nur ein alter Bettler stand ganz allein auf dem Hof und sah zu ihr hoch. Er trug schmutzige Lumpen, und seine Füße waren nackt. Er hatte einen langen weißen Bart, eine Mähne schneeweißen Haares reichte ihm bis auf die Schultern, und er stützte sich schwerfällig auf einen Stock.

«Fort mit dir, du abscheulicher Greis», rief die Prinzessin.

«Pssst!» flüsterte der alte Bettler und schlurfte näher. «Ich bin hier, um dir zu helfen. Ein Traumbild gab mir ein, daß du große Sorgen hast.»

«Ich habe nicht die geringsten Sorgen», erwiderte die Prinzessin. «Hau ab, wenn du keinen Kübel mit siedendem Blei über die Rübe bekommen willst.»

Der Alte achtete nicht auf ihre Worte. «Man kann sich nur auf eine einzige Weise», flüsterte er, «ungestraft eines Feindes entledigen. Willst du wissen, wie?»

«Gewiß nicht», fauchte die Prinzessin. «Warum sollte ich? Ja, also wie denn?»

«Du nimmst eine Auster», flüsterte der Alte, «und vergräbst sie in einem Blumentopf. Vierundzwanzig Stunden später gräbst du sie wieder aus und träufelst ein Tröpfchen von ihrem Saft, aber merk dir, nur ein Tröpfchen, auf jede der Austern, die du dem Betreffenden tags darauf vorsetzt.»

«Setzt ihn das außer Gefecht?» fragte die Prinzessin, die ihre Neugier nicht verhehlen konnte.

«Es ist tödlich», flüsterte der Alte. «Wer diese Austern ißt, stirbt binnen kurzem an fürchterlichen Krämpfen, die seinen Körper verrenken. Und hinterher wird alle Welt den Kopf schütteln und murmeln, ‹der Arme, er hat eine verdorbene Auster gegessen›.»

«Wer bist du, Alterchen, und woher kommst du?» fragte die Prinzessin und beugte sich über die Balkonbrüstung.

«Ich bin auf seiten der Rechtschaffenen», flüsterte der Alte, sprach's und verschwand in der Dunkelheit.

Die Prinzessin prägte sich diese Auskunft gut ein und wartete auf einen geeigneten Augenblick. Ein paar Tage vor ihrem achtzehnten Geburtstag sagte der König zu ihr: «Was möchtest du an deinem Freudentag essen, mein Liebes? Wie stets deine Leibspeise, Wildschweinbraten?»

«Ja, Papa», erwiderte sie. «Aber laß uns vorweg Austern essen. Ich mag Austern doch so gern!»

«Was für eine Pfundsidee», gab der König zurück. «Ich werde sogleich welche von der Küste kommen lassen.»

Am Geburtstag der Prinzessin wurde die Tafel im großen Speisesaal üppig gedeckt und alles für den Festschmaus vorbereitet. Ein Dutzend frische Austern lagen auf jedem Teller. Doch bevor die Gäste den Saal betraten und Platz nahmen, ging der König allein hinein, wie er es bei besonderen Anlässen zu tun pflegte, um sicher zu sein, daß alles zu seiner Zufriedenheit war. Er rief den Truchseß zu sich, und sie umrundeten gemessenen Schrittes den Tisch.

«Warum», fragte der König und deutete auf seinen Teller, «hast du die größten und erlesensten Austern mir zugedacht?»

«Eure Majestät bekommen doch stets die Leckerbissen», entgegnete der Truchseß mit seinem hellen Stimmchen. «Habe ich nicht recht getan?»

«Heute stehen die Leckerbissen Prinzessin Busenschön zu», sprach der König. «Sie ist das Geburtstagskind. Sei so gut, gib mir ihren Teller und ihr den meinen.»

«Sogleich, Majestät», erwiderte der Truchseß und beeilte sich, die Teller auszutauschen.

Der Geburtstagsschmaus war gelungen, und die

Austern fanden besonderen Anklang. «Magst du sie, Papa?» erkundigte sich die Prinzessin wieder und wieder bei ihrem Vater. «Sind sie nicht lecker?»

«Meine schmecken köstlich», sagte der König. «Und deine?»

«Vortrefflich», erwiderte sie. «Ganz vortrefflich.»

Noch am selben Abend erkrankte die Prinzessin schwer und starb trotz der Eingriffe des königlichen Leibarztes an fürchterlichen Krämpfen, die ihren schönen Körper verrenkten.

Am nächsten Morgen nahm der König den langen weißen Bart, die Perücke, die schmutzigen Lumpen und den alten Spazierstock aus seinem Kleiderschrank. «Die kannst du verbrennen», sagte er zu seinem Kammerdiener. «Es schickt sich nicht, einen Kostümball zu geben, solange Hoftrauer herrscht.»

# Der Antiquar

Wenn man damals vom Trafalgar Square die Charing Cross Road hinaufging, gelangte man rechter Hand nach wenigen Minuten zu einem Laden, über dessen Schaufenster WILLIAM BUGGAGE – SELTENE BÜCHER stand.

Spähte man durch das Fenster hinein, so sah man entlang der Wände vom Boden bis zur Decke Bücher aufgereiht, und wenn man dann die Tür aufstieß und eintrat, stieg einem sogleich jener schwache Geruch nach vergilbtem Papier und Teesatz in die Nase, der alle Londoner Antiquariate durchzieht. In der Regel traf man zwei oder drei Kunden an, schattenhafte Gestalten in Regenmänteln und weichen Filzhüten, die in der Hoffnung, eine Erstausgabe zu ergattern, in den Werken von Jane Austen und Trollope, von Dickens und George Eliot blätterten.

Nie schien sich ein Verkäufer dort aufzuhalten, um ein Auge auf die Kunden zu haben, und wollte jemand tatsächlich einmal ein Buch bezahlen, anstatt es einfach einzustecken und sich davonzumachen, mußte man sich durch eine Tür am rückwärtigen Ende des Ladens zwängen, auf der es hieß: BÜRO – ZAHLEN SIE HIER. Wenn man das Büro betrat, sah man Mr. William Buggage und seine Assistentin, Miss Muriel Tottle, in die Arbeit vertieft an ihren Schreibtischen.

Mr. Buggage saß hinter einem kostbaren Mahagoni-Schreibtisch aus dem 18. Jahrhundert, und Miss Tottle benutzte ein etwas kleineres, aber nicht minder elegantes Möbel, einen Regency-Damenschreibtisch, dessen Platte mit ausgeblichenem grünen Leder bezogen war. Auf Mr. Buggages Tisch lag stets die neueste Ausgabe der *London Times*, dazu der *Daily Telegraph*, der *Manchester Guardian*, die *Western Mail* und der *Glasgow Herald*. In Griffweite befand sich auch ein aktuelles *Who's Who*, dickleibig, rot und abgegriffen. Auf Miss Tottles Schreibtisch standen eine elektrische Schreibmaschine und ein schlichtes, aber sehr hübsches offenes Kästchen, das Briefpapier und Umschläge enthielt, außerdem Büroklammern, Schnellhefter und was eine Sekretärin sonst noch alles benötigt.

Dann und wann kam ein Kunde aus dem Laden in das Büro und reichte den Band seiner Wahl Miss Tottle, die dann den mit Bleistift auf dem Vorsatzblatt eingetragenen Preis prüfte, den Betrag entgegennahm und, wenn nötig, aus den Tiefen der linken Schublade ihres Schreibtischs Wechselgeld herausgab. Mr. Buggage würdigte diejenigen, die hereinkamen und wieder hinausgingen, keines Blickes, und wenn einer eine Frage stellte, dann beantwortete sie Miss Tottle.

Was draußen im Laden vorging, schien weder Mr.

Buggage noch Miss Tottle im geringsten zu kümmern. Tatsächlich vertrat Mr. Buggage den Standpunkt, wenn jemand vorhabe, ein Buch zu stehlen, dann nur zu. Er wußte ganz genau, daß draußen auf den Regalen nicht eine einzige wertvolle Erstausgabe stand. Mit dem bei Auktionen erworbenen Ramsch mochte ein einigermaßen seltener Band Galsworthy oder ein früher Waugh hereingekommen sein, und gewiß gab es ein paar hübsche Gesamtausgaben von Boswell, Walter Scott, Robert Louis Stevenson und so weiter, oft sehr ansprechend in Halb- oder gar Ganzleder gebunden. Doch dergleichen kann man nicht einfach in die Manteltasche stecken. Und selbst wenn ein Gauner sich mit einem halben Dutzend Büchern davonmachte, brachte das Mr. Buggage keineswegs um den Schlaf. Wieso auch? Er wußte doch, daß der Laden im ganzen Jahr weniger abwarf, als das Geschäft im Hinterzimmer in ein paar Tagen einbrachte. Was im Hinterzimmer geschah, darauf kam es an.

Eines Morgens im Februar – draußen herrschte Schmuddelwetter, und schräger Schneeregen schlug weiß und matschig an die Fensterscheiben des Büros – saßen Mr. Buggage und Miss Tottle an ihren gewohnten Plätzen, von ihrer Arbeit ganz in Anspruch genommen, um nicht zu sagen hypnotisiert. Mr. Buggage, der einen goldenen Parker-Füller schreibbereit über einen Block hielt, las in der *Times* und machte sich dabei Notizen. Hin und wieder schlug er etwas im *Who's Who* nach und notierte auch das.

Miss Tottle hatte die Post geöffnet und war nun dabei, ein paar Schecks zu prüfen und die Beträge zu addieren.

«Drei heute», sagte sie.

«Wieviel insgesamt?» fragte Mr. Buggage, ohne aufzusehen.

«Eintausendsechshundert», sagte Miss Tottle.

«Wir haben nicht zufällig was aus dem Haus dieses Bischofs in Chester vernommen, oder?»

«Ein Bischof wohnt in einem Palast, Billy, nicht in einem Haus», sagte Miss Tottle.

«Mir schnurz, wo er wohnt», sagte Mr. Buggage, «aber wenn so einer nicht schnell reagiert, wird mir ein bißchen mulmig.»

«Die Antwort ist in der Tat heute morgen gekommen», sagte Miss Tottle.

«Hat er anständig geblecht?»

«Die Gesamtsumme.»

«Sehr beruhigend», sagte Mr. Buggage. «Einen Bischof hatten wir noch nie, und ich weiß nicht recht, ob der Einfall so schlau war.»

«Der Scheck kam von einem Anwaltsbüro.»

Mr. Buggage sah abrupt auf. «War ein Brief dabei?» fragte er.

«Ja.»

«Lies ihn vor.»

Miss Tottle suchte den Brief heraus und begann zu lesen: «Sehr geehrter Herr. Bezugnehmend auf Ihre Nachricht vom Vierten dieses Monats senden wir Ihnen anbei einen Scheck über 537£ als vollen Ausgleich Ihrer Forderung. Hochachtungsvoll, Smithson, Briggs und Ellis.» Miss Tottle machte eine Pause. «Das scheint doch in Ordnung zu sein, oder?»

«Für diesmal schon», sagte Mr. Buggage. «Aber mit Anwälten wollen wir nichts mehr zu schaffen haben und mit Bischöfen lieber auch nicht.»

«Was die Bischöfe angeht, stimme ich dir zu», sagte Miss Tottle. «Aber du willst doch nicht plötzlich auch auf Grafen und Lords und ihresgleichen verzichten?»

«Lords sind bestens», sagte Mr. Buggage. «Lords haben uns nie Kummer gemacht. Grafen auch nicht. Hatten wir nicht sogar mal 'nen Herzog?»

«Den Herzog von Dorset», sagte Miss Tottle. «Letztes Jahr. Über 1000 Pfund.»

«Sehr schön», sagte Mr. Buggage. «Ich weiß noch, daß ich ihn direkt von Seite eins ausgesucht hab.» Er hielt inne und pulte mit dem Nagel seines kleinen Fingers einen Essensrest zwischen den Schneidezähnen hervor. «Sag ich doch immer», fuhr er fort. «Je höher der Rang, desto größer der Laffe. Wirklich, wenn einer einen Titel im Namen führt, kannst du Gift darauf nehmen, daß er ein Laffe ist.»

«Das stimmt aber nicht ganz, Billy», sagte Miss Tottle. «Manche Leute werden geadelt, weil sie etwas wirklich Großartiges geleistet haben, etwa das Penicillin erfunden oder den Mount Everest bestiegen.»

«Ich rede von ererbten Titeln», sagte Mr. Buggage. «Wenn einer schon mit ’nem Adelstitel auf die Welt kommt – jede Wette, daß er ein Laffe ist.»

«Da hast du wiederum recht», sagte Miss Tottle. «Mit dem Adel hatten wir nie auch nur den geringsten Ärger.»

Mr. Buggage lehnte sich auf seinem Stuhl zurück und warf Miss Tottle einen vielsagenden Blick zu. «Weißt du was?» sagte er. «Vielleicht machen wir uns demnächst sogar mal an die königliche Familie ran.»

«O wie *schön*», sagte Miss Tottle. «Denen könnten wir ein Vermögen aus der Tasche ziehen.»

Mr. Buggage fuhr fort, Miss Tottle von der Seite anzustarren, und allmählich verklärte ein kaum merklicher lüsterner Glanz seinen Blick. Zugegeben, legte man höchste Maßstäbe an, so war Miss Tottles Erscheinung enttäuschend. Um ehrlich zu sein, war sie auch enttäuschend, wenn man überhaupt irgendwelche Maßstäbe anlegte. Sie hatte ein langes Pferdegesicht, und ihre Zähne, die gleichfalls ein wenig lang geraten waren, hatten einen Stich ins Schwefelgelbe. Ebenso ihre Haut. Allenfalls konnte man ihr ihren üppigen Busen zugute halten, doch selbst der war nicht frei von Mängeln. Es war einer von der Sorte, die einen einzigen breiten, straff umhüllten Wulst von einer Seite des Brustkastens zur anderen aufwirft, und auf den ersten Blick schien es, als entwüchsen ihrem Körper dort nicht *zwei* Brüste, sondern als befinde sich dort ein einziger massiver, länglicher Brotlaib.

Mr. Buggage konnte es sich allerdings auch nicht leisten, allzu wählerisch zu sein. Sah man ihn zum erstenmal, so fiel einem sofort das Wörtchen ‹schmierig› ein. Er war untersetzt, schmerbäuchig, schwabbelig und glatzköpfig, und was sein Gesicht anbelangte, so konnte man über dessen Aussehen nur Vermutungen anstellen, weil sich dem Blick nur wenig davon enthüllte. Den überwiegenden Teil überwucherte ein riesiges Dickicht aus buschigem, leicht gelocktem schwarzen Haar – eine heutzutage leider allzu weit verbreitete Mode, die eine Unsitte ist, und eine reichlich unhygienische dazu. Warum so viele Angehörige des männlichen Geschlechts ihr Gesicht verbergen wollen, ist für uns gewöhnliche Sterbliche nicht nachzuvollziehen. Könnten diese Menschen ihr Haar auch auf Nase, Wangen und Augen sprießen lassen, sie würden es glatt tun und am Ende ganz ohne erkennbares Gesicht, aber dafür mit einem häßlichen und ziemlich lächerlichen Haarknäuel auf dem Hals dastehen. Betrachtet man eines dieser bärtigen Individuen, kann man nur schlußfolgern, daß der Bewuchs nichts als Tarnung ist und gezüchtet wird, um Unansehnliches oder Abstoßendes zu verbergen.

In Mr. Buggages Fall traf das mit hoher Wahrscheinlichkeit zu, und deshalb können wir alle, und insbesondere Miss Tottle, von Glück sagen, daß der Bart da war. Mr. Buggage starrte seine Assistentin weiter lüstern an. Dann sagte er: «Schätzchen, warum machst du jetzt nicht schnell die Schecks für die Post fertig, denn sobald du das erledigt hast, habe ich dir einen kleinen Vorschlag zu machen.»

Miss Tottle warf dem Sprecher einen Blick über die Schulter zu und schenkte ihm ein süßliches Lächeln, das den Blick auf ihre rasiermesserscharfen Zähne freigab. Wenn Mr. Buggage sie Schätzchen nannte, war das stets ein sicheres Zeichen dafür, daß sich in seiner Brust, und nicht nur dort, fleischliche Gefühle regten.

«Erzähl mir lieber gleich davon, Liebster», sagte sie.

«Erst machst du die Schecks fertig», sagte er. Zuweilen konnte er sehr gebieterisch sein. Miss Tottle fand das wunderbar.

Sie machte sich nun an das, was sie ihre Tagesbilanz nannte. Diese Aufgabe umfaßte die Überprüfung von Mr. Buggages und ihrer eigenen Bankkonten sowie die Entscheidung darüber, auf welches die jüngst eingetroffenen Schecks eingezahlt werden sollten. Mr. Buggage unterhielt nämlich zu diesem Zeitpunkt genau 66 verschiedene Konten und Miss Tottle 22. Sie waren bei diversen Zweigstellen der drei großen Banken Barclays, Lloyds und National Westminster über ganz London verteilt, einige auch in den Vororten. Daran war nichts auszusetzen. Als das Unternehmen zu wachsen und gedeihen begonnen hatte, war es den beiden ein leichtes gewesen, in eine beliebige Filiale besagter Banken zu gehen und mit einer Einlage von ein paar 100 Pfund ein Girokonto zu eröffnen. Sie bekamen dann immer Scheckvordrucke, ein Einzahlungsbuch und die Zusicherung, daß sie jeden Monat einen Kontoauszug erhalten würden.

Mr. Buggage hatte schnell herausgefunden, daß jemand, der bei einigen oder auch vielen Filialen einer Bank Konten unterhält, in deren Hauptverwaltung nicht auffällt. Jede Zweigstelle beschränkt sich auf ihren jeweiligen Kundenkreis; die Namen der Kunden werden weder an andere Filialen noch an die Hauptverwaltung weitergegeben, nicht einmal in unserer Zeit der Computer.

Andererseits sind die Banken gesetzlich dazu verpflichtet, die Namen sämtlicher Kunden mit einem Guthaben von über 1000 Pfund dem Finanzamt mitzuteilen. Auch deren Zinseinkünfte müssen offengelegt werden. Guthaben auf Girokonten fallen nicht unter dieses Gesetz, da sie nicht verzinst werden. Niemand kümmert sich um Girokonten, es sei denn, sie sind überzogen oder – und das kommt selten vor – der Kontostand wird unsinnig hoch. Über ein Girokonto, auf dem sagen wir 100 000 Pfund liegen, könnte in der Verwaltung leicht einmal jemand die Stirn runzeln, und der Kunde bekäme mit einiger Sicherheit einen freundlichen Brief vom Filialleiter mit dem Vorschlag, über einen Teil des Geldes doch einen Sparvertrag abzuschließen, damit es Zinsen bringe. Doch Zinsen waren Mr. Buggage schnuppe, und an gerunzelten Stirnen war ihm erst recht nicht gelegen. Darum also hatten Miss Tottle und er zusammen 88 Bankkonten. Miss Tottle oblag es, darauf zu achten, daß das Guthaben auf jedem einzelnen dieser Konten 20 000 Pfund nie überstieg. Alles, was darüber hinausging, hätte nach Mr. Buggages Ansicht bloß Aufsehen erregt, zumal wenn es monate- oder jahrelang unangetastet auf einem Girokonto lag. Die Vereinbarung zwischen den beiden Partnern lautete: 75 Prozent der Gewinne aus dem Geschäft für Mr. Buggage, 25 für Miss Tottle.

Bei ihrer Tagesbilanz ging Miss Tottle ein von ihr angelegtes Verzeichnis der Kontostände aller 88 Konten durch und legte anschließend fest, auf welches der betreffende Scheck oder die betreffenden Schecks einzuzahlen waren. In ihrem Aktenschrank hatte sie 88 verschiedene Ordner, einen für jedes Konto, dazu 88 verschiedene Scheckvordrucke und 88 verschiedene Einzahlungsbücher. Ihre Aufgabe war nicht schwer, aber sie mußte ihre fünf Sinne beisammen halten, damit nichts durcheinandergeriet. Erst vor einer Woche hatten sie vier neue Konten bei vier neuen Filialen eröffnen müssen, drei für Mr. Buggage und eines für Miss Tottle. «Bald haben wir beide über 100 Konten», hatte Mr. Buggage bei der Gelegenheit festgestellt.

«Warum sollen es nicht 200 werden?» hatte Miss Tottle gesagt.

«Es wird der Tag kommen», hatte Mr. Buggage gesagt, «an dem wir sämtliche Banken in dieser Gegend abgegrast haben; dann werden wir bis Sunderland oder Newcastle rauffahren müssen, um neue Konten zu eröffnen.»

Doch im Augenblick war Miss Tottle noch mit ihrer Tagesbilanz beschäftigt. «So, erledigt», sagte sie und steckte den letzten Scheck zusammen mit dem Einzahlungsformular in den Briefumschlag.

«Und wieviel genau haben wir jetzt insgesamt auf unseren Konten?» erkundigte sich Mr. Buggage.

Miss Tottle schloß die mittlere Schublade ihres Schreibtisches auf und entnahm ihr ein schlichtes Schulheft. Auf den Umschlag hatte sie *Mein altes Rechenheft aus der Schulzeit* geschrieben – ein in ihren Augen ziemlich gerissener Trick, mit dem man Leute von der Fährte abbringen konnte, sollte das Heft je in falsche Hände geraten. «Laß mich schnell noch die Einlagen von heute dazurechnen», sagte sie, blätterte die gesuchte Seite auf und begann Zahlen zu notieren. «Also: Nach dem heutigen Stand hast *du* auf deinen 66 Konten insgesamt 1326643 Pfund, falls du in den vergangenen Tagen nichts abgehoben hast.»

«Hab ich nicht», sagte Mr. Buggage. «Und wieviel hast du?»

«*Ich* habe... 430725 Pfund.»

«Sehr schön», sagte Mr. Buggage. «Wie lange haben wir gebraucht, um dieses hübsche kleine Sümmchen zu sparen?»

«Nur elf Jahre», sagte Miss Tottle. «Was war das noch gleich für ein netter kleiner Vorschlag, den du mir machen wolltest, Schatz?»

«Ach», sagte Mr. Buggage, legte den Füller aus der Hand, lehnte sich zurück und bedachte sie erneut mit einem dieser lüsternen Blicke aus seinen blassen Augen. «Ich habe mir bloß was überlegt... und zwar folgendes... Warum zum Teufel soll ein Millionär wie ich bei diesem ekelhaften Frostwetter hier sitzen, wo ich es mir doch in Fortunas Schoß am Rand eines Swimmingpools gemütlich machen könnte, mit einer hübschen Frau wie dir zur Gesellschaft und livrierten Dienern, die uns alle fünf Minuten einen Kelch eisgekühlten Champagner bringen.»

«Ja, warum bloß», sagte Miss Tottle mit einem breiten Grinsen.

«Dann hol das Buch, damit wir nachsehen können, wo wir noch nicht waren.»

Miss Tottle trat an ein Bücherregal an der gegenüberliegenden Wand und nahm ein dickes Taschenbuch mit dem Titel *Die 300 besten Hotels der Welt – Ausgewählt von René Lecler* heraus. Dann ging sie zurück zu ihrem Stuhl und sagte: «Wohin diesmal, Liebster?»

«Nordafrika irgendwo», sagte Mr. Buggage. «Es ist Februar, da muß man mindestens nach Nordafrika fahren, wenn man es warm haben will. Italien oder Spanien sind noch nicht soweit. Und von der vermaledeiten Karibik habe ich die Nase voll. Wo in Nordafrika waren wir noch nicht?»

Miss Tottle blätterte. «Gar nicht so einfach», sagte sie. «Das ‹Palais Jamai› in Fez hatten wir schon... das ‹Gazelle d'Or› in Taroudant ebenfalls... und das ‹Hilton› in Tunis auch. In dem hat es uns nicht gefallen...»

«Wie viele aus diesem Buch hatten wir bis jetzt insgesamt?» erkundigte sich Mr. Buggage.

«Ich glaube, es waren 48, als ich sie das letzte Mal gezählt habe.»

«Ich bin fest entschlossen, alle 300 abzuhaken, bevor ich hier Schluß mache», sagte Mr. Buggage. «Darein setze ich meinen ganzen Ehrgeiz, und ich wette, daß niemand sonst das je geschafft hat.»

«Mr. René Lecler wird es wohl geschafft haben», sagte Miss Tottle.

«Wer ist das denn?»

«Der Mann, der das Buch geschrieben hat.»

«Der zählt nicht», sagte Mr. Buggage. Er beugte sich auf seinem Stuhl zur Seite und begann sich versonnen die linke Pobacke zu kratzen. «Und ich wette, daß er nicht selbst in allen gewesen ist. Diese Reiseführer-Fritzen schicken doch Krethi und Plethi für sich los.»

«Hier ist eines», rief Miss Tottle. «Das ‹La Mamounia› in Marrakesch.»

«Wo liegt das?»

«In Marokko. Gleich links unter dem oberen Rand von Afrika.»

«Und? Was meint der Führer dazu?»

«Er meint», las Miss Tottle, *«dies war Winston Churchills bevorzugtes Feriendomizil; von seinem Balkon aus malte er zuweilen den Sonnenuntergang über dem Atlas.»*

«Malen tue ich nicht», sagte Mr. Buggage. «Sonst noch was?»

Miss Tottle las weiter: «*Wenn der livrierte maurische Hoteldiener Sie in den gekachelten, mit Gitterwerk verzierten Säulenhof geleitet, werden Sie sich sehenden Auges in eine Märchenillustration aus* Tausendundeine Nacht *versetzt fühlen ...*»

«Das klingt schon besser», sagte Mr. Buggage. «Weiter.»

«*Erst beim Bezahlen der Rechnung wird die Realität Sie wieder einholen.*»

«Über so was zerbrechen wir Millionäre uns nicht den Kopf», sagte Mr. Buggage. «Laß uns fahren, und zwar gleich morgen. Ruf im Reisebüro an. Erster Klasse. Wir machen den Laden für zehn Tage dicht.»

«Willst du denn heute keine Briefe schreiben?»

«Die Briefe können mir heute gestohlen bleiben», sagte Mr. Buggage. «Von jetzt an haben wir Ferien. Kümmere dich schnell um das Reisebüro.» Er beugte sich nun in die andere Richtung und begann sich mit den Fingern seiner Rechten die rechte Pobacke zu kratzen. Miss Tottle sah ihm zu, und Mr. Buggage bemerkte es, doch es war ihm gleichgültig. «Nun mach schon», sagte er.

«Ich besorge uns lieber auch ein paar Reiseschecks», sagte Miss Tottle.

«Ja, im Wert von 5000 Pfund. Ich fülle den Scheck aus. Diesmal bist du eingeladen. Gib mir mal einen Vordruck von der nächstgelegenen Bank. Und ruf dieses Hotel in Dingsda an und verlang die größte Suite, die sie haben. Wenn man die größte Suite will, sind sie nie ausgebucht.»

Vierundzwanzig Stunden später sonnten Mr. Buggage und Miss Tottle sich am Pool des ‹La Mamounia› in Marrakesch und tranken Champagner.

«So läßt's sich leben», sagte Miss Tottle. «Warum ziehen wir uns nicht ganz aus dem Geschäft zurück und kaufen uns ein schickes Haus in einer Gegend, wo das Wetter so ist wie hier?»

«Warum sollten wir uns aus dem Geschäft zurückziehen?» sagte Mr. Buggage. «Wir haben das einträglichste Unternehmen in ganz London, und ich für meinen Teil habe großen Spaß daran.»

Auf der anderen Seite des Pools richteten ein Dutzend marokkanischer Bediensteter ein prachtvolles Lunch-Büfett für die Gäste an. Es gab gewaltige, kalt servierte Hummer, schwere rosafarbene Schinken, extra kleine Brathähnchen, dazu mehrere Sorten Reis und etwa zehn verschiedene Salate. Der Chefkoch grillte saftige Steaks über einem Holzkohlenfeuer. Die ersten Gäste begannen sich von ihren Liegestühlen und Matten zu erheben und sich mit Tellern in den Händen um das Büfett zu scharen. Einige trugen Badekleidung, andere leichte Sommersachen, und die meisten hatten Strohhüte auf dem Kopf. Mr. Buggage musterte sie. Es handelte sich fast ausnahmslos um Engländer, um Engländer von der gut betuchten Sorte: aalglatt, gekünstelt, übergewichtig, laut und grenzenlos dumm. Die waren ihm schon auf Jamaika, Barbados und an ähnlichen Orten ständig über den Weg gelaufen. Klar, daß viele einander kannten, denn zu Hause verkehrte man selbstredend in denselben Kreisen. Doch ob sie sich nun kannten oder nicht – auf jeden Fall *akzeptierten* sie einander, denn sie gehörten allesamt demselben namenlosen, exklusiven Club an. Dank einer raffinierten sozialen Alchimie erkennt ein Mitglied dieses Clubs das andere jederzeit auf den ersten Blick. Ja, sagt es sich dann, der gehört zu uns. Die gehört auch zu uns. Mr. Buggage gehörte nicht dazu. Er war kein Mitglied des Clubs und würde nie eines werden. Er war ein Neureicher, und das war nicht akzeptabel, egal wie viele Millionen er besaß. Außerdem sah man ihm an, daß er vulgär war, und das war gleichfalls nicht akzeptabel. Die sehr Reichen mochten genauso vulgär sein wie Mr. Buggage oder gar noch vulgärer, doch sie waren es auf andere Weise.

«Da sind sie», sagte Mr. Buggage und sah zu den Gästen jenseits des Pools hinüber, «unsere Ernährer. Jeder einzelne käme als zukünftiger Kunde in Frage.»

«Ganz recht», sagte Miss Tottle.

Mr. Buggage, der auf einer blau, rot und grün gestreiften Matte lag, hatte sich auf den Ellbogen aufgestützt und starrte die Gäste an. Der Bauch quoll ihm wulstig über die Badehose, und aus den Speckfalten rannen Schweißtröpfchen. Nun wandte er den Blick der neben ihm auch auf einer Matte hingestreckten Gestalt von Miss Tottle zu. Ein scharlachroter Mini-Bikini umhüllte Miss Tottles brotförmigen Busen. Auch das Unterteil war gewagt knapp und womöglich eine Spur zu klein. Mr. Buggage konnte hoch oben an der Innenseite ihrer Schenkel ein paar schwarze Haare sehen.

«Jetzt essen wir zu Mittag, Schätzchen, und dann gehen wir rauf in unser Zimmer und machen ein kleines Nickerchen, hm?»

Miss Tottle entblößte ihre schwefelgelben Zähne und nickte.

«Und danach schreiben wir ein paar Briefe.»

«Briefe», rief sie. «Ich will keine Briefe schreiben. Ich dachte, wir machen hier Ferien!»

«Wir machen ja Ferien, Schätzchen, aber ich lasse mir ungern ein gutes Geschäft entgehen. Das Hotel wird dir eine Schreibmaschine zur Verfügung stellen. Danach habe ich mich schon erkundigt. Und mir leihen sie ein *Who's Who*. So ein Direktor möchte doch wissen, wer was zählt, damit er ihm in den Hintern kriechen kann.»

«*Dich* wird er jedenfalls nicht darin verzeichnet finden», sagte Miss Tottle ein wenig verärgert.

«Nein», sagte Mr. Buggage. «Zugegeben. Aber er wird auch nicht viele darin finden, die mehr Geld haben als ich. Auf dieser Welt zählt nicht, wer du bist, meine Liebe. Auch nicht, wen du kennst. Was du hast – darauf kommt es an.»

«Wir haben noch nie in den Ferien Briefe geschrieben», sagte Miss Tottle.

«Einmal ist immer das erste Mal, Schätzchen.»

«Wie können wir denn ohne Zeitungen Briefe schreiben?»

«Du weißt doch genau, daß Orte wie dieser hier

per Luftpost mit englischen Zeitungen versorgt werden. Ich habe mir im Foyer die *Times* gekauft, als wir ankamen. Es ist im übrigen dieselbe Ausgabe, an der ich gestern im Büro saß, also habe ich den Großteil meiner Hausaufgaben schon gemacht. Allmählich kriege ich Lust auf einen Happen von dem Hummer dort drüben. Hast du jemals so große Hummer gesehen?»

«Du willst die Briefe doch nicht etwa hier aufgeben, oder?» sagte Miss Tottle.

«Aber keineswegs. Wir lassen sie undatiert, setzen gleich nach unserer Rückkehr das Datum ein und geben sie zur Post. Auf diese Weise haben wir eine hübsche Reserve in der Hinterhand.»

Miss Tottle starrte die Hummer auf dem Tisch jenseits des Pools an, dann die Leute, die sich darum drängten. Schließlich legte sie Mr. Buggage eine Hand auf den Oberschenkel, weit oben, unter der Badehose. Sie begann den behaarten Schenkel zu streicheln. «Nun komm, Billy», sagte sie, «warum machen wir nicht mal eine Weile Pause mit den Briefen, wie sonst auch, wenn wir in den Ferien sind?»

«Du wirst doch nicht wollen, daß uns 1000 Eier am Tag durch die Lappen gehen, oder?» sagte Mr. Buggage. «Und ein Viertel davon gehört dir, vergiß das nicht.»

«Wir haben aber gar keine Firmenbogen dabei, und das Briefpapier des Hotels können wir nicht benutzen, um Himmels willen.»

«Ich habe welches mitgenommen», sagte Mr. Buggage triumphierend. «Einen ganzen Karton. Samt Briefumschlägen.»

«Nun denn, also gut», sagte Miss Tottle. «Bringst du mir ein bißchen von dem Hummer mit, Schatz?»

«Laß uns zusammen rübergehen», sagte Mr. Buggage.

Er erhob sich und begann in den beinahe knielangen Badehosen, die er ein paar Jahre zuvor in Honolulu erstanden hatte, um den Pool herumzuwatscheln. Die Badehosen hatten ein Muster aus grünen, gelben und weißen Blumen. Miss Tottle stand auf und folgte ihm.

Mr. Buggage wollte eben am Büfett zulangen, als er hinter sich eine Männerstimme sagen hörte: «Fiona, ich glaube nicht, daß du Mrs. Smith-Swithin bereits kennst... und dies ist Lady Hedgecock.»

«Wie geht's»... «Wie geht's», sagten die Stimmen.

Mr. Buggage sah sich nach den Leuten um. Da standen ein Mann und eine Frau im Badezeug und zwei ältere Damen in Baumwollkleidern.

Diese Namen, dachte er, die hab ich schon mal gehört, das weiß ich genau... Smith-Swithin... Lady Hedgecock. Er zuckte die Achseln und belud seinen Teller.

Ein paar Minuten später saß er mit Miss Tottle an einem Tischchen unter einem Sonnenschirm; jeder von beiden ließ sich eine Hummerhälfte schmecken. «Hör mal, sagt dir der Name Lady Hedgecock was?» fragte Mr. Buggage mit vollem Mund.

«Lady Hedgecock? Das ist oder vielmehr war eine

Kundin von uns. Namen wie den vergesse ich nie. Warum?»

«Und eine Mrs. Smith-Swithin? Klingelt's da bei dir auch?»

«Aber ja», sagte Miss Tottle. «Bei beiden. Warum willst du das plötzlich wissen?»

«Weil beide hier sind.»

«Du meine Güte! Wie kommst du darauf?»

«Und noch dazu sind sie zusammen hier, meine Liebe. Sie kennen sich.»

«Nein!»

«Aber ja doch!»

Mr. Buggage erzählte ihr, wie er zu seinem Wissen gekommen war. «Da sind sie», sagte er und deutete mit seiner Gabel, von deren Zinken Mayonnaise troff, in die entsprechende Richtung. «Die beiden fetten alten Wachteln da, die sich mit dem Mann und der Frau unterhalten.»

Miss Tottle starrte fasziniert hinüber. «Weißt du», sagte sie, «in all den Jahren, die wir jetzt im Geschäft sind, habe ich noch nie einen Kunden von Angesicht zu Angesicht gesehen.»

«Ich auch nicht», sagte Mr. Buggage. «Eines ist jedenfalls sicher. Ich hab die Richtigen erwischt, oder? Die schwimmen im Geld. Das ist offensichtlich. Und sie sind dämlich. Das ist noch offensichtlicher.»

«Meinst du, es könnte zu einer Gefahr werden, daß die beiden sich kennen, Billy?»

«Ein verdammt eigenartiger Zufall ist es schon», sagte Mr. Buggage, «aber für gefährlich halte ich das nicht. Keine von beiden wird ein Sterbenswörtchen verlauten lassen. Das ist das Schöne daran.»

«Da hast du wohl recht.»

«Gefährlich könnte es nur werden», sagte Mr. Buggage, «wenn sie meinen Namen im Gästeregister sähen. Weil er genauso ungewöhnlich ist wie ihrer. Sie würden sich sofort daran erinnern.»

«Gäste bekommen das Register nicht zu Gesicht», sagte Miss Tottle.

«Stimmt», sagte Mr. Buggage. «Uns wird niemand je Scherereien machen. Das war bis heute so, und das wird auch so bleiben.»

«Ausgezeichnet, dieser Hummer», sagte Miss Tottle.

«Hummer macht sinnlich», verkündete Mr. Buggage und aß weiter.

«Du meinst Austern, Liebster.»

«Ich meine nicht Austern. Austern machen auch sinnlich, aber Hummer wirkt stärker. So ein Hummer-Essen kann Leute zum Wahnsinn treiben.»

«Zum Beispiel dich?» sagte sie und rutschte mit ihrem Allerwertesten auf dem Stuhl hin und her.

«Gut möglich», sagte Mr. Buggage. «Das werden wir wohl abwarten müssen, nicht wahr, Schätzchen?»

«Ja», sagte sie.

«Gut, daß das Zeug so teuer ist», sagte Mr. Buggage. «Wenn Krethi und Plethi es sich leisten könnten, wäre die Welt voller Lüstlinge.»

«Iß nur fleißig», sagte sie.

Nach dem Mittagessen gingen die beiden in ihre Suite hinauf, wo sie auf dem riesigen Bett ein Weilchen unbeholfen herumturnten. Dann machten sie ein Nickerchen.

Und nun saßen sie in ihrem Salon und trugen nur Morgenröcke auf der nackten Haut, Mr. Buggage einen pflaumenfarbenen aus Seide, Miss Tottle einen in Pastellrosa und Blaßgrün. Mr. Buggage lag auf dem Sofa, die *Times* vom Vortag auf dem Schoß und das *Who's Who* auf dem Couchtisch.

Miss Tottle saß am Schreibtisch, die hoteleigene Schreibmaschine vor sich und ein Notizbuch in der Hand. Beide tranken wieder Champagner.

«Der hier ist ein fetter Brocken», sagte Mr. Buggage. «Sir Edward Leishman. Der Knüller unter den Nachrufen. Chef von Aerodynamics Engineering. *Ein führender Industrieller*, heißt es hier.»

«Prima», sagte Miss Tottle. «Überzeug dich davon, daß seine Frau noch lebt.»

*«Hinterläßt Frau und drei Kinder»*, las Mr. Buggage vor. «Und... warte mal... im *Who's Who* steht, *Hobbies: Spazierengehen und Angeln. Clubs: The White's und Reform-Club.*»

«Anschrift?»

«The Red House, Andover, Wilts.»

«Wie schreibt sich Leishman?» fragte Miss Tottle. Mr. Buggage buchstabierte.

«Wieviel wollen wir ihm abknöpfen?»

«Eine Menge», sagte Mr. Buggage. «Der hatte Geld wie Heu. Versuch's mit um die 900.»

«Willst du *Der fürtreffliche Angler* mit aufnehmen? Da stand doch, daß er geangelt hat.»

«Ja. Erstausgabe. 420 Pfund. Den Rest weißt du ja auswendig. Hau in die Tasten. Ich hab da noch einen vielversprechenden.»

Miss Tottle spannte einen Bogen Papier in die Maschine und begann in rasendem Tempo zu tippen. Über die Jahre hatte sie tausende solcher Briefe geschrieben, so daß sie nicht einmal mehr beim kleinsten Wörtchen ins Zögern geriet. Sie konnte sogar die Bücherliste so zusammenstellen, daß als Summe rund 900, 350 oder 520 Pfund oder sonstwas herauskamen. Sie konnte genau den Betrag erzielen, den Mr. Buggage dem Kunden eben noch zumuten zu können meinte. Eines der Geschäftsgeheimnisse in diesem speziellen Gewerbe lautet nämlich, wie Mr. Buggage sehr wohl wußte: Werde nie zu gierig. Gehe bei niemandem über 1000 Pfund, nicht einmal bei einem berühmten Millionär.

Der Brief, den Miss Tottle schrieb, lautete so:

WILLIAM BUGGAGE –
SELTENE BÜCHER
27a Charing Cross Road,
London

Sehr verehrte Lady Leishman!
Ich bedauere außerordentlich, Ihnen im Augenblick Ihres schmerzlichen Verlustes zur Last fallen zu müs-

sen, doch leider lassen mir die Umstände keine andere Wahl.

Es war mir einige Jahre lang vergönnt, Ihrem verstorbenen Gatten zu Diensten zu sein. Meine Rechnungen gingen ihm stets an die Adresse des White's Club zu, ebenso wie viele jener Päckchen mit den Büchern, die er mit solcher Begeisterung sammelte.

Er war sehr angenehm im geschäftlichen Umgang und pflegte seine Rechnungen prompt zu begleichen. Anbei sende ich Ihnen eine Auflistung der Bestellungen, die er in jüngster Zeit, kurz vor seinem bedauerlichen Hinscheiden, tätigte und die ihm auf dem üblichen Weg zugestellt würden.

Vielleicht sollte ich der Erläuterung halber hinzufügen, daß derartige Publikationen oft schwer erhältlich und deshalb mitunter recht kostspielig sind. Bei einigen handelt es sich um Privatdrucke, andere sind hierzulande gegenwärtig verboten und darum noch kostspieliger.

Seien Sie versichert, verehrte Lady Leishman, daß ich meine Geschäfte stets mit größter Diskretion abwickle. Mein über viele Jahre in dieser Branche erworbener Ruf ist dafür der beste Garant. Mit dem Begleichen der Rechnung ist diese Angelegenheit für Sie erledigt, es sei denn, es gelänge Ihnen, der Erotika-Sammlung Ihres verblichenen Gatten habhaft zu werden, in welchem Falle ich bereit wäre, Ihnen ein Angebot darauf zu unterbreiten.

Für Bücher:

| | |
|---|---|
| DER FÜRTREFFLICHE ANGLER, Isaak Walton, Erstausgabe, gut erhaltenes, sauberes Exemplar. Leicht berieben. Selten. | 420 £ |
| VENUS IM PELZ, Leopold von Sacher-Masoch, Ausgabe von 1920. Im Schuber. | 75 £ |
| SEXUELLE GEHEIMNISSE. Aus dem Dänischen. | 40 £ |
| WIE MAN MIT ÜBER SECHZIG JUNGE MÄDCHEN BEFRIEDIGT. Illustriert. Privatdruck, Paris. | 95 £ |
| DIE KUNST DES STRAFENS – STOCK, PEITSCHE UND RUTE. Aus dem Deutschen. In Großbritannien verboten. | 115 £ |
| DREI LIEDERLICHE NONNEN. Gute, saubere Ausgabe. | 60 £ |
| IN FESSELN – RIEMEN UND SEIDENSCHNÜRE. Illustriert. | 80 £ |
| WARUM TEENAGER ÄLTERE MÄNNER VORZIEHEN. Illustriert. Amerikanische Ausgabe | 90 £ |
| VERZEICHNIS VON LONDONS BEGLEITERINNEN UND HOSTESSEN. Neueste Ausgabe. | 20 £ |
| Fällige Gesamtsumme | 995 £ |

Hochachtungsvoll
*William Buggage*

«So», sagte Miss Tottle und zog das Blatt aus der Maschine. «Den hätten wir. Aber du bist dir darüber im klaren, daß ich meine Bibel nicht mithabe; ich muß zu Hause noch die Namen kontrollieren, bevor ich die Briefe aufgebe.»

«Tu das», sagte Mr. Buggage.

Miss Tottles ‹Bibel› war ein stabiler Karteikasten, in dem sie Kärtchen mit Namen und Adressen sämtlicher Kunden aufbewahrte, denen sie seit der Gründung des Unternehmens geschrieben hatte. Damit sollte vermieden werden, daß zwei Angehörige derselben Familie eine Rechnung von William Buggage bekamen. Denn wenn das geschah, bestand immer die Gefahr, daß die beiden irgendwann darüber sprachen. Ferner sollte somit ausgeschlossen werden, daß eine Witwe, die schon beim Tod ihres ersten Mannes eine Rechnung erhalten hatte, beim Tod ihres zweiten Gatten wieder eine bekam. Denn dann wäre natürlich die Katze aus dem Sack gewesen. Es gab keine narrensichere Methode zur Vermeidung dieses gefährlichen Fehlers, denn die Witwe trug höchstwahrscheinlich einen anderen Namen, wenn sie zum zweitenmal geheiratet hatte. Aber Miss Tottle hatte einen sechsten Sinn für solche Fußangeln entwickelt, und die ‹Bibel› half ihr dabei, sie zu wittern.

«Was kommt jetzt?» fragte sie.

«Der nächste heißt Generalmajor Lionel Anstruther. Das hier ist er. Fast 20 Zentimeter im *Who's Who. Clubs: Army und Navy. Hobbies: Treibjagden.*»

«Vermutlich ist er vom Pferd gestürzt und hat sich das verdammte Genick gebrochen», sagte Miss Tottle. «Dann fange ich mit der Erstausgabe von *Memoiren eines alten Hasen* an, ja?»

«Ja. 220 Pfund», sagte Mr. Buggage. «Sieh zu, daß insgesamt zwischen 500 und 600 rauskommen.»

«Gut.»

«Und schreib *Der Reiz der Reitgerte* mit auf. Bei Leuten, die auf Fuchsjagden gehen, sind Peitschen immer naheliegend.»

Und so ging es weiter.

Die Ferien in Marrakesch nahmen einen angenehmen Verlauf. Neun Tage später saßen Mr. Buggage und Miss Tottle wieder im Büro in der Charing Cross Road, und ihre Haut war von der Sonne so knallrot wie die Schalen der vielen Hummer, die sie gegessen hatten. Sie gewöhnten sich schnell wieder an ihren anregenden Alltag. Tag für Tag verschickten sie Briefe und bekamen Schecks. Wirklich bemerkenswert, wie glatt die Geschäfte gingen. Deren psychologische Grundlage war natürlich auch sehr solide: Man nehme sich eine Witwe im Augenblick ihrer tiefsten Trauer vor, man konfrontiere sie mit etwas unerträglich Furchtbarem, mit etwas, das sie vergessen und hinter sich bringen will, mit etwas, das sie vor anderen geheimhalten möchte. Überdies steht die Beerdigung unmittelbar bevor. Also zahlt sie umgehend, um die unerquickliche Angelegenheit aus der Welt zu schaffen. Mr. Buggage kannte seine Pappenheimer. In all den Jahren hatte er nicht eine Beschwerde, nicht einen zornigen Brief bekommen. Immer nur den Scheck im Umschlag. Hin und wieder, aber nicht oft, kam gar keine Antwort. Dann war die ungläubige Witwe mutig genug gewesen, seinen Brief in den Papierkorb zu werfen, und damit hatte es sich. Niemand wagte es, die Korrektheit der Rechnung ernsthaft in Zweifel zu ziehen, denn keine Witwe wußte mit letzter Sicherheit, ob der verstorbene Gatte wirklich so unschuldig gewesen war, wie sie glaubte und hoffte. Das sind Männer nämlich nie. Oft wußte die Witwe allerdings sehr genau, daß ihr seliger Gatte ein geiler alter Bock gewesen war, und wunderte sich kein bißchen über Mr. Buggages Rechnung. In diesem Fall zahlten sie um so schneller.

An einem feuchten, verregneten Märznachmittag ungefähr einen Monat nach ihrer Rückkehr aus Marrakesch hatte Mr. Buggage es sich in seinem Büro gemütlich gemacht, die Füße auf die Platte seines schmucken Edelholzschreibtisches gelegt, und diktierte Miss Tottle Wissenswertes über einen verdienten, aber leider verblichenen General. «*Hobbies*», las er aus dem *Who's Who* vor, «*Gärtnern, Segeln und Briefmarkensammeln...*» Da ging die Tür zum Laden auf, und ein junger Mann mit einem Buch in der Hand trat ein. «Mr. Buggage?» sagte er.

Mr. Buggage sah auf. «Da drüben», sagte er und wedelte mit der Hand in Miss Tottles Richtung. «Sie wird Sie bedienen.»

Der junge Mann rührte sich nicht vom Fleck. Sein marineblauer Mantel war naß vom Regen, und Wasser tropfte aus seinem Haar. Er sah Miss Tottle gar nicht an, sondern hielt den Blick unverwandt auf Mr. Buggage gerichtet. «Wollen Sie denn das Geld nicht haben?» sagte er freundlich.

«Dafür ist sie zuständig.»

«Warum nicht Sie selbst?»

«Weil sie die Kassiererin ist», sagte Mr. Buggage. «Wenn Sie ein Buch kaufen wollen, nur zu. Sie wird Sie bedienen.»

«Ich würde mich lieber von *Ihnen* bedienen lassen», sagte der junge Mann.

Mr. Buggage sah zu ihm auf. «Seien Sie brav und tun Sie, was ich Ihnen sage», sagte er.

«Sie sind doch der Eigentümer», sagte der junge Mann. «Sie sind doch Mr. William Buggage?»

«Und wenn schon», sagte Mr. Buggage. Er hatte noch immer die Füße auf dem Schreibtisch.

«Sind Sie's oder nicht?»

«Was geht das Sie an?» sagte Mr. Buggage.

«Das wäre also geklärt», sagte der junge Mann. «Guten Tag, Mr. Buggage.» In seiner Stimme schwang jetzt ein merkwürdig scharfer Ton mit, eine Mischung aus Spott und Geringschätzung.

Mr. Buggage nahm die Füße vom Tisch und setzte sich ein bißchen aufrechter hin. «Sie sind mir ja ein ganz schön frecher junger Spund», sagte er. «Wenn Sie das Buch wollen, bezahlen Sie gefälligst da drüben, und dann ziehen Sie Leine. Klar?»

Der junge Mann wandte sich zu der noch offenen Tür um, die in den Hauptraum des Ladens führte.

Gleich hinter ihr standen einige der üblichen Kunden, Männer in Regenmänteln, die Bücher aus den Regalen zogen und sie in Augenschein nahmen.

«Mutter», rief der junge Mann leise, «du kannst hereinkommen, Mutter. Mr. Buggage ist da.»

Eine kleine, etwa 60 Jahre alte Frau trat ein und stand nun neben dem jungen Mann. Sie hatte sich gut gehalten für ihr Alter und mußte einst hinreißend schön gewesen sein, doch nun hatten Anstrengung und Erschöpfung ihre Spuren in ihrem Gesicht hinterlassen, und die Trauer hatte ihren hellblauen Augen den Glanz genommen. Sie trug einen schwarzen Mantel und einen schlichten schwarzen Hut. Die Tür ließ sie hinter sich offen.

«Mr. Buggage», sagte der junge Mann. «Das ist meine Mutter, Mrs. Northcote.»

Miss Tottle mit ihrem guten Namensgedächtnis wandte sich schnell um, warf Mr. Buggage einen Blick zu und machte unauffällige Lippenbewegungen, um ihn zu warnen. Mr. Buggage verstand und sagte so höflich er konnte: «Womit kann ich Ihnen dienen, Madam?»

Die Frau öffnete ihre schwarze Handtasche und entnahm ihr einen Brief. Sie faltete ihn sorgsam auseinander und hielt ihn Mr. Buggage hin. «Dann haben Sie mir den geschickt?» sagte sie.

Mr. Buggage nahm den Brief und musterte ihn eingehend. Miss Tottle hatte sich inzwischen ganz zu ihm umgedreht und sah ihm zu.

«Ja», sagte Mr. Buggage. «Brief und Rechnung

sind von mir. Damit hat alles seine Richtigkeit. Was haben Sie daran auszusetzen, Madam?»

«Ich bin hierhergekommen», sagte die Frau, «um Sie zu fragen, ob Sie sicher sind, daß da kein Irrtum vorliegt.»

«Ich fürchte, ja, Madam.»

«Aber das ist so hanebüchen... Ich kann einfach nicht glauben, daß mein Mann diese Bücher gekauft hat.»

«Also, sehen Sie, Ihr Gatte, Mr... Mr... äh...»

«Northcote», sagte Miss Tottle.

«Ja, Mr. Northcote, ja natürlich, Mr. Northcote. Er kam nicht oft her, ein- oder zweimal im Jahr vielleicht, aber er war ein guter Kunde und ein sehr anständiger Gentleman. Darf ich Ihnen mein aufrichtiges Beileid zu Ihrem tragischen Verlust aussprechen.»

«Ich danke Ihnen, Mr. Buggage. Aber sind Sie sich wirklich sicher, daß Sie ihn nicht mit jemandem verwechselt haben?»

«Ja, Madam, ganz sicher. Meine Sekretärin hier wird Ihnen bestätigen, daß ein Irrtum ausgeschlossen ist.»

«Darf ich den Brief einmal sehen?» sagte Miss Tottle, stand auf und kam herüber, um ihn Mr. Buggage aus der Hand zu nehmen. «Ja», sagte sie, als sie ihn sich ansah, «den habe ich selbst getippt. Da liegt kein Versehen vor.»

«Miss Tottle arbeitet schon lange für mich», sagte Mr. Buggage. «Sie kennt das Geschäft in- und auswendig. Ich kann mich nicht entsinnen, daß sie jemals einen Fehler gemacht hat.»

«Das will ich hoffen», sagte Miss Tottle.

«Da sehen Sie's, Madam», sagte Mr. Buggage.

«Aber das ist einfach *unmöglich*», sagte die Frau.

«Ach, so sind die Männer», sagte Mr. Buggage. «Hin und wieder gönnen sie sich ein bißchen Spaß. Das ist doch auch nicht weiter schlimm, finden Sie nicht, Madam?» Dreist und ungerührt saß er auf seinem Stuhl. Er wollte die Sache zu einem Abschluß bringen und fühlte sich als Herr der Lage.

Die Frau stand hochaufgerichtet da, ohne sich zu rühren, und sie sah Mr. Buggage unverwandt in die Augen. «Diese merkwürdigen Bücher, die auf Ihrer Liste stehen», sagte sie, «werden die auch in Blindenschrift gedruckt?»

«In was?»

«In Blindenschrift.»

«Ich weiß nicht, wovon Sie reden, Madam.»

«Das dachte ich mir», sagte sie. «Nur in Blindenschrift hätte mein Mann sie lesen können. Er hat im letzten Krieg, vor mehr als 40 Jahren in der Schlacht bei El Alamein, sein Augenlicht verloren und war seither blind.»

Plötzlich wurde es ganz still in dem Büro. Mutter und Sohn standen regungslos da und beobachteten Mr. Buggage. Miss Tottle wandte sich ab und sah aus dem Fenster. Mr. Buggage räusperte sich, als wollte er etwas sagen, aber dann besann er sich eines Besseren. Die beiden Männer in Regenmänteln, die nahe genug an der offenen Tür gestanden hatten, um jedes Wort mithören zu können, betraten schweigend das Büro. Einer von ihnen zückte eine Plastikkarte und sagte zu Mr. Buggage: «Inspektor Richards, Abteilung für Kapitalverbrechen, Scotland Yard.» Und zu Miss Tottle, die an ihren Schreibtisch zurückwich, sagte er: «Bitte berühren Sie diese Unterlagen nicht, Miss. Lassen Sie alles an seinem Platz. Sie kommen beide mit uns.»

Der Sohn nahm seine Mutter behutsam am Arm, führte sie aus dem Büro, durch den Laden und hinaus auf die Straße.

# Der Chirurg

«Sie haben sich hervorragend erholt», sagte Robert Sandy und nahm hinter dem Schreibtisch Platz. «Ein rundum gelungener Heilungsprozeß. Ich glaube, Sie brauchen jetzt nicht mehr zu mir zu kommen.»

Der Patient zog sich fertig an und wandte sich dann an den Chirurgen: «Darf ich Sie bitte noch einen Augenblick sprechen?»

«Aber gern», sagte Robert Sandy. «Setzen Sie sich doch.»

Der Mann nahm gegenüber dem Arzt Platz, beugte sich vor und stützte die Hände mit den Handflächen nach unten auf die Schreibtischplatte. «Vermutlich weigern Sie sich noch immer, ein Honorar anzunehmen?» sagte er.

«Ich habe noch nie ein Honorar genommen und beabsichtige nicht, auf meine alten Tage von meinen Prinzipien abzuweichen», gab Robert Sandy vergnügt zurück. «Ich arbeite ausschließlich für den National Health Service, und der zahlt mir ein sehr anständiges Gehalt.»

Dr. med. Robert Sandy, Facharzt für Chirurgie und Mitglied des Royal College of Surgeons, arbeitete seit 18 Jahren am Radcliffe-Hospital in Oxford und war 52 Jahre alt. Er war verheiratet und hatte drei erwachsene Kinder. Im Gegensatz zu vielen seiner Kollegen stand ihm der Sinn nicht nach Ruhm und Reichtum. Er war ein im Grunde bedürfnisloser Mensch, der ganz in seiner Arbeit aufging.

Mittlerweile waren sieben Wochen vergangen, seit sein Patient nach einem schweren Verkehrsunfall in der Banbury Road unweit des Hospitals mit dem Krankenwagen in die Notaufnahme eingeliefert worden war. Er hatte lebensgefährliche Unterleibsverletzungen erlitten und war bewußtlos. Als aus der Notaufnahme nach dem diensthabenden Arzt telefoniert wurde, trank Robert Sandy nach einem anstrengenden Arbeitsmorgen, in dessen Verlauf er eine Gallenblase und eine Prostata operiert und eine Cholezystektomie vorgenommen hatte, oben in seinem Dienstzimmer eine Tasse Tee. Aus irgendeinem Grund schien er in diesem Augenblick der einzige zur Verfügung stehende Operateur zu sein. Er trank noch einen Schluck Tee, ging zurück in den Operationssaal und machte sich sogleich wieder an die Arbeit.

Der Patient überlebte die dreieinhalbstündige Operation. Robert Sandy hatte alles in seiner Macht Stehende getan, um ihn zu retten. Tags darauf ließ der Mann zur großen Überraschung des Arztes Anzeichen dafür erkennen, daß er durchkommen würde. Mehr noch: Er war bei klarem Bewußtsein und sprach zusammenhängend. Erst da, am Morgen nach der Operation, war Robert Sandy klargeworden, daß er eine wichtige Persönlichkeit vor sich hatte. Drei würdige Herren von der saudiarabischen Botschaft, darunter der Botschafter persönlich, erschienen in der Klinik und wollten als allererstes diverse berühmte Chirurgen aus dem Königlichen Krankenhaus in der Harley Street als Berater hinzuziehen. Doch der Patient, über dessen Bett zahlreiche, durch Schläuche mit seinem Körper verbundene Flaschen hingen, schüttelte den Kopf und flüsterte dem Botschafter etwas auf arabisch zu.

«Er möchte nur von Ihnen behandelt werden», sagte der Botschafter zu Robert Sandy.

«Es steht Ihnen jederzeit frei, einen Arzt Ihrer Wahl zu konsultieren», sagte Robert Sandy.

«Nicht wenn er es nicht wünscht», sagte der Botschafter. «Er meint, Sie hätten ihm das Leben gerettet, und er vertraue Ihnen völlig. Wir müssen seinen Willen respektieren.»

Und dann erzählte der Botschafter Robert Sandy, daß sein Patient kein Geringerer sei als ein leibhaftiger Prinz. Mit anderen Worten – es handelte sich um einen der vielen Söhne des derzeitigen Königs von Saudi-Arabien.

Als der Prinz einige Tage später außer Lebensgefahr war, versuchte die Botschaft ihn noch einmal zu einem Wechsel zu überreden. Sie hätten ihn gern in ein weitaus luxuriöseres Krankenhaus verlegen lassen, das nur Privatpatienten aufnahm, doch der Prinz wollte nichts davon wissen. «Ich bleibe hier», sagte er, «bei dem Arzt, der mir das Leben gerettet hat.»

Robert Sandy rührte das Vertrauen, das sein Patient in ihn setzte, und in den langen Wochen der Genesung hatte er sein Bestes getan, um es nicht zu enttäuschen.

Und heute, hier im Sprechzimmer, sagte der Prinz: «Ich wünschte wirklich, Sie ließen mich Ihnen all das entgelten, was Sie für mich getan haben, Mr. Sandy.» Der junge Mann lebte seit drei Jahren in Oxford und wußte genau, daß man Chirurgen in England stets mit ‹Mister› und nicht mit ‹Doktor› anredet. «Bitte erlauben Sie es mir», sagte er.

Robert Sandy schüttelte den Kopf. «Tut mir leid», erwiderte er, «aber ich muß an meinem Nein festhalten. Ich möchte nicht von meinen Grundsätzen abweichen.»

«Aber verflixt noch mal, Sie haben mir das Leben gerettet», sagte der Prinz und schlug mit der flachen Hand auf den Tisch.

«Ich habe nicht mehr getan als jeder andere tüchtige Arzt getan hätte», sagte Robert Sandy.

Der Prinz nahm die Hände vom Tisch und verschränkte sie im Schoß. «Nun gut, Mr. Sandy, wenn Sie schon ein Honorar zurückweisen, so ist doch gewiß nichts dagegen einzuwenden, daß mein Vater Ihnen zum Zeichen seiner Dankbarkeit ein kleines Geschenk überreichen läßt.»

Robert Sandy zuckte die Achseln. Dankbare Patienten schenkten ihm des öfteren eine Kiste Whisky oder ein Dutzend Flaschen Wein, und er nahm diese Geschenke bereitwillig an. Er rechnete nie mit Geschenken, doch wenn er eines bekam, freute er sich sehr. Es war eine schöne Art und Weise, danke zu sagen.

Der Prinz holte ein Beutelchen aus schwarzem Samt aus seiner Jackentasche und schob es über den Tisch. «Mein Vater», sagte er, «hat mich gebeten, Ihnen auszurichten, daß er Ihnen außerordentlich zu Dank verpflichtet ist. Er sagte, ob Sie nun ein Honorar akzeptierten oder nicht, ich solle auf jeden Fall dafür sorgen, daß Sie dieses kleine Präsent annähmen.»

Robert Sandy sah das schwarze Beutelchen mißtrauisch an, machte aber keinerlei Anstalten, es zu nehmen.

«Mein Vater», fuhr der Prinz fort, «bat mich ferner, Ihnen mitzuteilen, daß mein Leben für ihn von unschätzbarem Wert ist und daß kein Geschenk der Welt Ihnen meine Rettung auch nur annähernd entgelten kann. Dies hier ist bloß ein... wie soll ich sagen... ein Geschenk zu Ihrem nächsten Geburtstag. Ein kleines Geburtstagspräsent.»

«Er sollte mir nichts schenken», sagte Robert Sandy.

«Sehen Sie es sich bitte an», sagte der Prinz.

Ein wenig zögernd nahm der Arzt das Beutelchen in die Hand und schnürte das Seidenband auf, das es verschloß. Als er das Beutelchen umdrehte und schüttelte, fiel etwas, das so klar war wie Eis, unter strahlendem Lichtgefunkel auf die schlichte hölzerne Schreibtischplatte. Der Stein war ungefähr so groß wie eine Cashewnuß, vielleicht ein bißchen größer; er maß der Länge nach etwa zwei Zentimeter, war birnenförmig und lief an seinem schmalen Ende nadelspitz zu. Seine vielen Facetten glänzten und schimmerten wunderbar.

«Du lieber Himmel», sagte Robert Sandy, der ihn ansah, aber nicht zu berühren wagte, «was ist das?»

«Ein Diamant», sagte der Prinz. «Rein weiß. Er ist nicht besonders groß, aber die Farbe ist einwandfrei.»

«Ein solches Geschenk kann ich wirklich nicht annehmen», sagte Robert Sandy. «Nein, das wäre nicht korrekt. Er muß ziemlich wertvoll sein.»

Der Prinz lächelte. «Ich muß Ihnen etwas sagen», meinte er. «Niemand weist ein Geschenk des Königs zurück. Das wäre eine schreckliche Beleidigung, und es ist auch noch nie vorgekommen.»

Robert Sandy erwiderte den Blick des Prinzen. «Oje», sagte er, «Sie machen es mir aber schwer, finden Sie nicht?»

«Es ist gar nicht schwer», sagte der Prinz. «Greifen Sie einfach zu!»

«Sie könnten ihn dem Hospital schenken.»

«Wir haben dem Krankenhaus bereits etwas gespendet», sagte der Prinz. «Bitte nehmen Sie ihn an, nicht nur um meines Vaters willen, sondern auch um meinetwillen.»

«Das ist sehr freundlich von Ihnen», sagte Robert Sandy. «Also gut. Aber ich bin richtig verlegen.» Er griff nach dem Diamanten und legte ihn sich auf die ausgestreckte Hand. «In meiner Familie hat noch nie jemand einen Diamanten besessen», sagte er. «Gott, wie schön er ist. Sie müssen Seiner Majestät bitte meinen Dank überbringen und ihm sagen, daß ich den Stein stets in Ehren halten werde.»

«Sie brauchen ihn nicht unbedingt zu behalten», sagte der Prinz. «Mein Vater wäre gewiß nicht beleidigt, wenn Sie ihn verkauften. Wer weiß, womöglich brauchen Sie eines Tages ein bißchen Taschengeld.»

«Ich glaube nicht, daß ich ihn verkaufen werde», sagte Robert Sandy. «Er ist zu schön. Vielleicht lasse ich einen Anhänger für meine Frau daraus machen.»

«Was für ein hübscher Einfall», sagte der Prinz und erhob sich. «Und bitte vergessen Sie nicht, was ich Ihnen gesagt habe. Sie und Ihre Frau sind in meinem Land jederzeit willkommen. Mein Vater würde sich sehr freuen, Sie als seine Gäste begrüßen zu dürfen.»

«Das ist sehr nett», sagte Robert Sandy. «Ich werde es nicht vergessen.»

Als der Prinz gegangen war, nahm Robert Sandy den Diamanten wieder zur Hand und betrachtete ihn hingerissen. Er war von blendender Schönheit, und als Robert ihn sacht auf dem Handteller hin und her drehte, fing eine Facette nach der anderen das Licht vom Fenster ein und erstrahlte in leuchtendem Blau, Rosa und Gold. Er sah auf die Uhr. Es war zehn Minuten nach drei. Da kam ihm ein Gedanke. Er griff nach dem Telefon und fragte seine Sekretärin, ob am Nachmittag etwas Dringendes anläge. Wenn nicht, sagte er, so gedenke er früher zu gehen.

«Nichts, was nicht bis Montag warten könnte», sagte die Sekretärin, die ahnte, daß dieser Mann, der so hart arbeitete wie kein anderer, einen besonderen Anlaß haben mußte, einmal früher zu gehen.

«Ich hätte da ein paar private Angelegenheiten, die ich sehr gern erledigen würde.»

«Nur zu, Mr. Sandy», sagte sie. «Erholen Sie sich ein bißchen übers Wochenende. Bis Montag also.»

Auf dem Parkplatz der Klinik schloß Robert Sandy sein Fahrrad auf, bestieg es und fuhr hinaus auf die Woodstock Road. Er fuhr noch immer jeden Tag mit dem Fahrrad zur Arbeit, außer wenn das Wetter schlecht war. So blieb er in Form, und außerdem hatte seine Frau den Wagen zur Verfügung. Daran war nichts Komisches. Halb Oxford fuhr Fahrrad. Er bog rechts in die Woodstock Road ein und radelte in Richtung High. Der einzige gute Juwelierladen der Stadt lag rechter Hand auf halber Höhe der High; der Besitzer hieß H. F. Gold. Das stand auch über dem Ladenfenster, und die meisten Leute wußten, daß das ‹H› Harry bedeutete. Harry Gold war schon lange dort ansässig, aber Robert war erst ein einziges Mal in dem Laden gewesen, um seiner Tochter zur Konfirmation ein Armband zu kaufen, und das war Jahre her. Er lehnte sein Fahrrad draußen vor dem Laden an den Kantstein und ging hinein. Eine Dame hinter dem Schalter fragte ihn nach seinen Wünschen.

«Ist Mr. Gold da?» sagte Robert Sandy.

«Ja.»

«Ich hätte ihn gern kurz unter vier Augen gesprochen, wenn ich dürfte. Mein Name ist Sandy.»

«Einen Augenblick, bitte.» Die Frau verschwand durch eine Tür im rückwärtigen Teil des Ladens, war aber gleich wieder zurück und sagte: «Kommen Sie bitte hier entlang.»

Robert Sandy betrat ein großes, unaufgeräumtes Büro, in dem ein kleiner älterer Herr hinter einem mächtigen Schreibtisch saß. Er trug einen grauen Spitzbart und eine Nickelbrille, und als Robert näher kam, stand er auf.

«Mr. Gold, mein Name ist Robert Sandy. Ich bin Chirurg am Radcliffe-Hospital. Ob Sie mir wohl helfen könnten?»

«Ich will tun, was ich kann, Mr. Sandy. Nehmen Sie Platz.»

«Nun, es handelt sich um eine seltsame Geschichte», sagte Robert Sandy. «Ich habe kürzlich einen saudiarabischen Prinzen operiert. Er studiert im sechsten Semester am Magdelan College und hatte einen schweren Verkehrsunfall. Und nun hat er, oder vielmehr sein Vater, mir einen ganz wunderbaren Diamanten geschenkt.»

«Du lieber Himmel», sagte Mr. Gold. «Wie aufregend!»

«Ich wollte ihn erst nicht annehmen, aber er wurde mir mehr oder weniger aufgezwungen.»

«Und Sie möchten, daß ich ihn mir einmal ansehe?»

«Ja. Wissen Sie, ich habe keinen blassen Schimmer, ob er 500 oder 5 000 Pfund wert ist, und vernünftigerweise sollte ich schon seinen ungefähren Wert kennen.»

«Natürlich», sagte Harry Gold. «Ich will Ihnen dabei gern behilflich sein. Schließlich haben Ärzte vom Radcliffe auch *mir* in den vergangenen Jahren sehr geholfen.»

Robert Sandy zog das schwarze Beutelchen aus der Tasche und legte es auf den Schreibtisch. Harry Gold öffnete es und ließ den Diamanten in seine Hand fallen. Als er herauspurzelte, schien der alte Mann einen Augenblick lang zu erstarren. Völlig regungslos saß er da und starrte das funkelnde Ding an, das da auf seinem Handteller lag. Langsam stand er auf. Er ging ans Fenster und hielt den Stein so, daß das Licht darauf fiel. Mit einem Finger drehte er ihn um. Er sagte kein Wort. Seine Miene blieb ausdruckslos. Er behielt den Diamanten in der Hand, kehrte an seinen Schreibtisch zurück und holte aus einer Schublade ein Blatt sauberes weißes Papier. Er knickte es leicht ein und legte den Diamanten in den Falz. Dann ging er ans Fenster zurück, blieb eine ganze Minute dort stehen und untersuchte den Diamanten, der auf dem gefalteten Papier lag.

«Ich sehe mir die Farbe an», sagte er schließlich. «Das macht man immer zuerst, und zwar auf einem weißen Papieruntergrund und in nördlichem Licht.»

«Ist das hier nördliches Licht?»

«Ja. Dieser Stein hat eine herrliche Farbe, Mr.

Sandy. Die schönste D-Farbe, die ich je gesehen habe. In unserer Branche bezeichnet man mit D-Farbe das qualitativ hochwertigste Weiß. Mancherorts heißt es auch ‹River›, hauptsächlich in Skandinavien. Laien würden ‹Blauweiß› dazu sagen.»

«Mir kommt er nicht sonderlich bläulich vor», sagte Robert Sandy.

«Reines Weiß hat immer einen Stich ins Blaue», sagte Harry Gold. «Deshalb tat man früher Wäschebläue ins Waschwasser. Dann wurde die Wäsche weißer.»

«Ach ja, natürlich.»

Harry Gold ging zum Schreibtisch zurück und entnahm einer anderen Schublade ein Vergrößerungsglas mit einer Art Sichthaube darauf. «Das ist eine Zehnfach-Lupe», sagte er und hielt es hoch.

«Wie haben Sie das genannt?»

«Eine Lupe. Es ist nichts anderes als ein Vergrößerungsglas für Juweliere. Damit kann ich den Stein auf Fehler prüfen.»

Wieder am Fenster, begann Harry Gold den Diamanten durch die Zehnfach-Lupe eingehend zu untersuchen; dabei hielt er das Blatt Papier mit dem Stein in der einen Hand und die Lupe in der anderen. Dieser Vorgang dauerte vielleicht vier Minuten. Robert Sandy sah schweigend zu.

«Soweit ich sehen kann», sagte Harry Gold, «ist er makellos. Wirklich ein ausnehmend schöner Stein. Die Qualität ist hervorragend und der Schliff ausgezeichnet, wenn auch gewiß nicht modern.»

«Wie viele Facetten hat ein solcher Stein ungefähr?» fragte Robert Sandy.

«Achtundfünfzig.»

«Das heißt, Sie wissen es genau?»

«Ganz genau.»

«Herrgott noch mal! Und wieviel wäre er nach Ihrer groben Schätzung wert?»

«Ein solcher Diamant», sagte Harry Gold, nahm ihn vom Papier und legte ihn sich wieder auf die flache Hand, «ein D-farbiger Stein von dieser Größe und Reinheit würde auf Nachfrage einen Handelspreis von 25000 bis 30000 Dollar pro Karat erzielen. Im Laden würde er Sie das Doppelte kosten. Bis zu 60000 Dollar pro Karat im Einzelhandel.»

«Mein lieber Mann!» rief Robert Sandy und sprang auf. Bei den Worten des Juweliers riß es ihn glatt vom Stuhl. Er stand da wie gelähmt.

«Und nun», sagte Harry Gold, «wollen wir einmal feststellen, wieviel Karat er genau wiegt.» Er ging quer durch das Zimmer zu einem Regal, auf dem eine kleine metallene Apparatur stand. «Das ist eine elektronische Waage», sagte er. Er schob einen kleinen Glasverschluß zur Seite und legte den Diamanten hinein. Dann drehte er an ein paar Knöpfen und las auf einer Anzeige das Meßergebnis ab. «Er wiegt 15,27 Karat», sagte er. «Somit wäre er im Handel rund eine halbe Million Dollar wert und über eine Million, wenn Sie ihn im Laden kauften.»

«Sie machen mich ganz kribbelig», sagte Robert Sandy und lachte nervös.

«Wenn er mir gehörte», sagte Harry Gold, «würde mich das auch kribbelig machen. Setzen Sie sich wieder, Mr. Sandy, damit Sie mir nicht umkippen.»

Robert Sandy setzte sich.

Harry Gold ließ sich gemächlich in seinen Sessel hinter dem großen Edelholzschreibtisch sinken. «Dies ist ein großes Ereignis, Mr. Sandy. Ich habe nicht oft das Vergnügen, jemandem einen so herrlichen Schreck einjagen zu können. Ich glaube, ich freue mich mehr darüber als Sie.»

«Ich bin zu erschrocken, als daß ich mich schon freuen könnte», sagte Robert Sandy. «Geben Sie mir ein, zwei Minütchen Zeit, damit ich mich erholen kann.»

«Bedenken Sie», sagte Harry Gold, «daß von einem König von Saudi-Arabien nichts Geringeres zu erwarten ist. Haben Sie denn dem jungen Prinzen das Leben gerettet?»

«Das habe ich wohl, ja.»

«Da hätten wir die Erklärung.» Harry Gold hatte den Diamanten wieder auf das gefaltete Blatt Papier auf seinem Schreibtisch gelegt, und nun saß er da und betrachtete ihn mit den Augen eines Kenners und Genießers. «Ich vermute, daß dieser Stein aus dem Schatz des alten Königs Ibn Saud von Arabien stammt. Sollte das stimmen, so dürfte er in der Branche völlig unbekannt sein, was ihn noch begehrter machen wird. Wollen Sie ihn verkaufen?»

«Oje, ich weiß noch nicht, was ich mit ihm anfangen werde», sagte Robert Sandy. «Das kommt alles so plötzlich und überraschend.»

«Darf ich Ihnen einen Rat geben?»

«Ich bitte darum.»

«Wenn Sie ihn wirklich verkaufen wollen, sollten Sie ihn versteigern lassen. Ein solcher Stein, den noch niemand gesehen hat, würde großes Aufsehen erregen. Bestimmt kämen auch wohlhabende private Bieter und machten dem Handel Konkurrenz. Und wenn es Ihnen möglich sein sollte, seinen Herkunftsort preiszugeben, wenn Sie sagen könnten, daß er direkt aus dem saudiarabischen Königshaus stammt, würde der Preis ins Unermeßliche steigen.»

«Sie waren wirklich sehr entgegenkommend», sagte Robert Sandy. «Sollte ich mich dazu entschließen, ihn zu verkaufen, werde ich zuallererst Sie um Ihren Rat bitten. Aber sagen Sie, kosten Diamanten im Laden wirklich doppelt so viel wie im Zwischenhandel?»

«Eigentlich sollte ich Ihnen das nicht erzählen», sagte Harry Gold, «aber ja, es stimmt.»

«Wenn Sie einen in der Bond Street oder an einem vergleichbaren Ort kaufen, zahlen Sie also das Doppelte seines eigentlichen Wertes?»

«Das ist mehr oder weniger korrekt. Viele junge Damen haben da schon ihr blaues Wunder erlebt, wenn sie versuchten, ihnen von Verehrern geschenkte Diamanten wieder zu verkaufen.»

«Also stimmt es doch nicht, daß ein Diamant des Mädchens bester Freund ist?»

«Es ist dennoch sehr angenehm, einen zu besitzen», sagte Harry Gold, «das haben Sie ja soeben gemerkt. Aber als Anlageobjekte eignen sie sich für den Laien gemeinhin nicht.»

Draußen auf der High bestieg Robert Sandy sein Fahrrad und machte sich auf den Heimweg. Er war richtig benommen – als ob er eben ganz allein eine gute Flasche Wein geleert hätte. Da radelte er nun durch Oxford, er, der grundsolide alte Robert Sandy, der so ruhig und vernünftig war, und fuhr in der Tasche seiner alten Tweedjacke mehr als eine halbe Million Dollar spazieren! Das war doch Wahnsinn! Aber so war es nun einmal.

Gegen halb fünf traf er zu Hause in der Acacia Road ein und stellte sein Fahrrad in der Garage neben dem Auto ab. Plötzlich ertappte er sich dabei, daß er den schmalen betonierten Weg zur Haustür hinaufrannte. «Nun aber Schluß!» sagte er laut und blieb stehen. «Beruhige dich. Betty soll die Geschichte richtig auskosten können. Laß dir Zeit damit.» Aber ach, er konnte es gar nicht erwarten, seiner reizenden Frau die Neuigkeiten zu erzählen und ihr Gesicht zu sehen, wenn er ihr berichtete, was sich an diesem Nachmittag alles zugetragen hatte. Er fand sie in der Küche. Sie war dabei, Gläser mit selbstgemachter Marmelade in einen Korb zu stellen.

«Robert!» rief sie. Wie immer freute sie sich, ihn zu sehen. «Du kommst ja früh nach Hause! Wie schön!»

Er küßte sie und sagte: «Stimmt, ich bin wirklich ein bißchen zu früh dran.»

«Dann hast du nicht vergessen, daß wir dieses Wochenende zu den Renshaws wollen? Wir müssen bald los.»

«Doch, ich hatte es vergessen», sagte er. «Vielleicht aber auch nicht. Vielleicht bin ich doch deswegen früher nach Hause gekommen.»

«Ich dachte, ich bringe Margaret ein bißchen Marmelade mit.»

«Gut», sagte er. «Sehr gut. Bring ihr ruhig ein bißchen Marmelade mit. Eine ausgezeichnete Idee, Margaret ein bißchen Marmelade mitzubringen.»

Etwas an seinem Verhalten ließ sie sich umdrehen und ihn ansehen. «Robert», sagte sie, «was ist passiert? Du hast doch etwas!»

«Schenk uns einen Drink ein», sagte er. «Ich habe Neuigkeiten für dich.»

«O Schatz, es ist aber doch nichts Schlimmes, oder?»

«Nein», sagte er. «Etwas Komisches. Ich glaube, es wird dir gefallen.»

«Du bist Chefarzt der Chirurgischen geworden!»

«Viel komischer», sagte er. «Komm, mach uns einen kräftigen Drink und setz dich, dann erzähl ich's dir.»

«Es ist noch ein bißchen früh für Alkohol», sagte sie, holte aber den Eisbehälter aus dem Kühlschrank und begann ihm seinen Whisky-Soda zu mixen. Währenddessen sah sie immer wieder beunruhigt zu ihm auf. Schließlich sagte sie: «Ich glaube, ich habe dich noch nie so erlebt. Du bist über etwas ganz aus dem Häuschen und tust, als wärst du die Ruhe selbst. Du bist ganz rot im Gesicht. Bist du sicher, daß es eine gute Nachricht ist?»

«Ich glaube schon», sagte er, «aber das sollst du gleich selbst beurteilen.» Er setzte sich an den Küchentisch und sah zu, wie sie ihm das Glas mit dem Whisky hinstellte.

«So», sagte sie. «Komm jetzt. Laß hören.»

«Mix dir auch erst einen Drink», sagte er.

«Du liebe Zeit, was ist bloß los?» sagte sie, goß aber Gin in ein Glas und langte gerade nach dem Eisbehälter, als er sagte: «Mehr. Gönn dir einen richtig starken.»

«*Jetzt* mache ich mir ernsthaft Sorgen», sagte sie, tat aber wie geheißen und füllte das Glas mit Tonic und Eis auf. «Also gut», sagte sie und setzte sich neben ihn an den Tisch. «Raus mit der Sprache.»

Robert begann zu erzählen. Er fing mit dem Prinzen in seinem Sprechzimmer an und dehnte und schmückte seine Geschichte so aus, daß er gute zehn Minuten brauchte, bis er auf den Diamanten zu sprechen kam.

«Es muß ja ein ziemlicher Klunker sein», sagte sie, «wenn du deswegen puterrot anläufst und so seltsam dreinsiehst.»

Er griff in seine Jackentasche, nahm das Beutelchen heraus und legte es auf den Tisch. «Da ist er», sagte er. «Wie findest du ihn?»

Sie schnürte das Seidenband auf und ließ den Stein in ihre Hand fallen. «O mein Gott!» rief sie aus. «Ist der toll!»

«Ja, nicht wahr?»

«Er ist wunderschön.»

«Ich habe dir noch nicht alles erzählt», sagte er, und während seine Frau den Diamanten von einer Handfläche in die andere kullern ließ, setzte er seinen Bericht mit dem Besuch bei Harry Gold in der High fort. Als er an die Stelle kam, wo der Juwelier vom Wert des Diamanten zu sprechen begonnen hatte, hielt er inne und sagte: «Was meinst du wohl, wie hoch er ihn veranschlagt hat?»

«Bestimmt ziemlich hoch», sagte sie. «Sieh ihn dir doch bloß an!»

«Dann rate mal. Wie hoch?»

«10000 Pfund», sagte sie. «Ich habe wirklich keine Ahnung.»

«Versuch's noch einmal.»

«Du meinst, er ist noch mehr wert?»

«Ja, viel mehr.»

«20000 Pfund!»

«Fändest du es aufregend, wenn er soviel wert wäre?»

«Natürlich, Schatz. Ist er denn wirklich 20000 Pfund wert?»

«Ja», sagte er. «Und noch mehr.»

«Sei nicht so gemein, Robert. Nun erzähl mir schon, was Mr. Gold gesagt hat.»

«Trink noch einen Schluck Gin.»

Sie tat es, dann sah sie ihn an und wartete.

«Er ist mindestens eine halbe Million Dollar wert, höchstwahrscheinlich sogar über eine Million.»

«Du machst Witze!» stieß sie keuchend hervor.

«Die geläufige Bezeichnung dafür ist ‹birnenförmig›», sagte er, «und an dem Ende, wo er so schmal zuläuft, ist er spitz wie eine Nadel.»

«Ich bin fassungslos», sagte sie. Sie rang noch immer nach Luft.

«Auf eine halbe Million wärst du nicht gekommen, was?»

«In meinem ganzen Leben habe ich noch nicht in solchen Summen denken müssen», sagte sie. Sie stand auf, ging zu ihm, schloß ihn fest in die Arme und gab ihm einen Kuß. «Du bist der erstaunlichste und wunderbarste Mann auf der Welt!» rief sie.

«Ich war völlig durcheinander», sagte er. «Ich bin immer noch völlig durcheinander.»

«O Robert!» rief sie, und als sie ihn ansah, leuchteten ihre Augen wie zwei Sterne. «Ist dir klar, was das bedeutet? Wir können Diana und ihren Mann aus dieser scheußlichen kleinen Wohnung herausholen und ihnen ein Häuschen kaufen!»

«Donnerwetter, du hast recht!»

«Und John können wir eine vernünftige Wohnung kaufen und ihm sein ganzes Medizinstudium hindurch mehr Geld geben! Und Ben... Ben bräuchte nicht mehr bei Eis und Schnee mit dem Motorrad zur Arbeit zu fahren. Wir könnten ihm etwas Besseres besorgen. Und... und... und...»

«Und was noch?» fragte er lächelnd.

«Wir beide könnten endlich einmal richtig Ferien machen und fahren, wohin wir wollen! Nach Ägypten oder in die Türkei, und du kannst dir Baalbek ansehen und all die anderen Orte, nach denen du dich seit Jahren sehnst!» Die Aussicht auf all die Vergnügungen, die ihre Träume verhießen, raubte ihr den Atem. «Und außerdem kannst du zur Abwechslung einmal ein paar wirklich schöne Stücke sammeln!»

Robert Sandys große Leidenschaft war die Geschichte der Mittelmeerländer: Italien, Griechenland, die Türkei, Syrien und Ägypten. Seit seiner Studentenzeit hatte er sich zu so etwas wie einem Fachmann für antike Zivilisationen entwickelt. Er hatte viel gelesen und Studien getrieben, und wenn es seine Zeit erlaubte, war er ins Britische Museum und ins Ashmoleum gegangen. Doch da drei Kindern die Ausbildung bezahlt werden mußte und sein Job nur ein bescheidenes Gehalt einbrachte, hatte er dieser Leidenschaft nie nach Lust und Laune frönen können. Vor allem zog es ihn in die grandiosen, entlegenen Regionen Kleinasiens und in das heute unter der Erde liegende Babylon im Irak. Auch den Liwan von Ktesiphon, den Sphinx von Memphis und hundert andere Dinge und Orte hätte er zu gern gesehen, aber bislang hatte er dafür weder Zeit noch Geld gehabt. Dennoch stand der lange Couchtisch im Wohnzimmer voller kleiner Fund- und Bruchstücke, die er im Lauf seines Lebens hier und da billig erstanden hatte.

Da war ein geheimnisvoller, blasser, wie eine Mumie geformter Alabaster-Uschebti aus Oberägypten, der seines Wissens in vordynastischer Zeit, etwa 5000 vor Christus, entstanden sein mußte. Da waren eine Bronzeschale aus Lydien mit einem eingravierten Pferd, ein geflochtenes frühbyzantinisches Silberhalsband, ein Stück von einer bemalten Holzmaske aus einem ägyptischen Sarkophag, eine rote irdene Schale römischen Ursprungs, ein kleiner schwarzer Teller aus Etrurien und noch etwa 50 weitere interessante zerbrechliche Kleinigkeiten. Keines der Stücke war besonders wertvoll, aber Robert Sandy liebte sie alle.

«Wäre das nicht wunderbar?» sagte seine Frau. «Wohin fahren wir zuerst?»

«In die Türkei», sagte er.

«Hör mal», sagte sie und deutete auf den Diamanten, der auf dem Küchentisch funkelte, «du solltest deinen Schatz lieber an einem sicheren Ort verstauen, bevor du ihn verlierst.»

«Heute ist Freitag», sagte er. «Wann kommen wir von den Renshaws zurück?»

«Sonntagabend.»

«Und was machen wir inzwischen mit unserem millionenschweren Stein? Ihn in meiner Jackentasche mitnehmen?»

«Nein», sagte sie, «das wäre leichtfertig. Du kannst doch nicht ein ganzes Wochenende lang mit einer Million in der Tasche herumlaufen. Er gehört in ein Schließfach bei der Bank. Da sollten wir ihn auf der Stelle hinbringen.»

«Es ist Freitagabend, Schatz. Die Banken sind bis Montag zu.»

«Du hast recht», sagte sie. «Tja, dann verstecken wir ihn wohl am besten irgendwo im Haus.»

«Im Haus ist niemand, bis wir zurückkommen», sagte er. «Die Idee finde ich nicht so gut.»

«Besser, als ihn das ganze Wochenende in deiner Jacken- oder meiner Handtasche herumzuschleppen.»

«Im leeren Haus lasse ich ihn jedenfalls nicht. Da besteht immer die Gefahr, daß eingebrochen wird.»

«Ach komm, Schatz», sagte sie, «uns fällt doch sicher ein Versteck ein, wo niemand ihn findet.»

«In der Teekanne.»

«Auf dem Grund der Zuckerdose», sagte sie.

«Oder im Kopf einer meiner Pfeifen im Pfeifenständer», sagte er, «mit ein bißchen Tabak darauf.»

«Oder im Topf der Azalee», sagte sie.

«He, nicht schlecht, Betty. Das ist der bislang beste Einfall.»

Mit dem glitzernden Stein zwischen sich saßen sie am Küchentisch und zerbrachen sich den Kopf darüber, was sie während ihrer zweitägigen Abwesenheit mit ihm anfangen sollten.

«Ich halte es immer noch für das beste, ihn mitzunehmen», sagte er.

«Ich nicht, Robert. Du wirst alle fünf Minuten in die Tasche fassen, um festzustellen, ob er noch da ist, und nicht zur Ruhe kommen.»

«Vermutlich hast du recht», sagte er. «Also gut.

Wollen wir ihn nun im Topf der Azalee im Wohnzimmer vergraben? Da wird niemand suchen.»

«Hundertprozentig sicher ist das nicht», sagte sie. «Jemand könnte den Topf umwerfen, die Erde fliegt raus, und hoppla, schon liegt ein funkelnder Diamant auf dem Fußboden.»

«Die Chancen stehen eins zu tausend», sagte er. «Auch die, daß überhaupt eingebrochen wird, sind eins zu tausend.»

«Nein, das stimmt nicht», sagte sie, «jeden Tag wird irgendwo eingebrochen. Wir sollten es nicht darauf ankommen lassen. Aber ich will nicht, Schatz, daß die Sache dir Sorgen oder gar Verdruß bereitet.»

«Einverstanden.»

Sie nippten ein Weilchen schweigend an ihren Drinks.

«Ich hab's!» rief sie und sprang auf. «Mir ist ein wunderbares Versteck eingefallen.»

«Wo?»

«Hier drin», rief sie, nahm den Eisbehälter in die Hand und zeigte auf eines der leeren Fächer. «Wir tun ihn einfach hier rein, füllen Wasser auf und stellen den Behälter wieder in den Kühlschrank. In ein, zwei Stunden wird er in einem Eiswürfel verborgen sein, und selbst wenn einer ihn suchte, würde er ihn nicht finden.»

Robert Sandy starrte den Eisbehälter an. «Phantastisch!» sagte er. «Du bist ein Genie! Laß uns gleich zur Tat schreiten.»

«Wollen wir wirklich?»

«Aber ja. Das ist eine tolle Idee.»

Sie nahm den Diamanten und legte ihn in eines der leeren Fächer. Dann ging sie zur Spüle und füllte den Behälter mit Wasser. Sie öffnete das Gefrierfach des Kühlschranks und schob den Behälter hinein. «Es ist der oberste Behälter links», sagte sie. «Das sollten wir uns merken. Und er steckt im Eiswürfel ganz hinten rechts.»

«Im obersten Behälter links», sagte er. «Das behalte ich. Jetzt, wo er sicher versteckt ist, geht es mir gleich besser.»

«Trink aus, Schatz», sagte sie. «Wir müssen los. Ich habe deine Tasche schon gepackt. Und laß uns versuchen, nicht mehr an unsere Million zu denken, bis wir zurück sind.»

«Wollen wir überhaupt jemandem davon erzählen?» fragte er. «Den Renshaws etwa oder wer sonst noch da ist?»

«Das würde ich nicht tun», sagte sie. «Die Geschichte ist so unglaublich, daß sie sich sofort herumsprechen würde. Und bevor du dich's versiehst, steht sie in der Zeitung.»

«Ich glaube kaum, daß das dem König der Saudis gefiele», sagte er.

«Ich auch nicht. Also laß uns erst einmal Stillschweigen bewahren.»

«Einverstanden», sagte er. «Öffentliches Aufsehen wäre mir gar nicht recht.»

«Du wirst dir ein neues Auto kaufen können», sagte sie lachend.

«Das werde ich tun. Und dir auch. Was für eines hättest du denn gern?»

«Ich denke mal darüber nach», sagte sie.

Kurz darauf fuhren die beiden los ins Wochenende bei den Renshaws. Sie wohnten nicht weit weg, gleich hinter Whitney, etwa eine halbe Stunde von ihrem eigenen Zuhause entfernt. Charlie Renshaw war fachärztlicher Berater am Hospital, und die beiden Familien kannten sich seit Jahren. Das Wochenende verlief ruhig und ereignislos, und am Sonntagabend fuhren Robert und Betty Sandy wieder zurück. Gegen sieben kamen sie zu Hause in der Acacia Road an. Robert nahm die beiden kleinen Handkoffer aus dem Wagen, und gemeinsam gingen sie den Weg hinauf. Robert schloß die Haustür auf und hielt sie seiner Frau auf.

«Ich mache ein bißchen Rührei», sagte sie, «und knusprigen Speck. Möchtest du davor noch einen Drink, Schatz?»

«Warum nicht», sagte er.

Er schloß die Tür und wollte schon die Koffer nach oben tragen, als er aus dem Wohnzimmer einen durchdringenden Schrei vernahm. *«O nein!»* rief seine Frau. *«Nein! Nein! Nein!»*

Robert ließ die Koffer fallen und rannte ihr nach. Sie stand da, schlug die Hände vors Gesicht, und Tränen begannen ihr über die Wangen zu laufen.

Im Wohnzimmer sah es verheerend aus. Die Vorhänge waren zugezogen; sie schienen als einzige heil geblieben zu sein. Alles andere war völlig zerstört.

Robert Sandys schöne kleine Sammelstücke waren an die Wand geschmettert worden und lagen in tausend Scherben auf dem Teppich. Die Glasvitrine war umgeworfen. Aus der Kommode waren die vier Schubladen gerissen; ihr Inhalt – Fotoalben, ein Scrabble-Spiel, Monopoly, ein Schachbrett samt Figuren und was eine Familie sonst noch so alles ansammelt – lag im ganzen Zimmer verstreut. Sämtliche Bücher aus dem vom Boden bis zur Decke reichenden Regal an der gegenüberliegenden Wand lagen aufgeschlagen und zerfetzt überall herum. Das Glas der vier Aquarelle war zerschlagen, und die Leinwand des Ölbildes ihrer drei Sprößlinge, das noch in Kindertagen gemalt worden war, hatte jemand an zahlreichen Stellen mit einem Messer zerschlitzt. Ebenso die Armsessel und das Sofa, aus denen die Füllung herausquoll. Es war wirklich alles zerstört außer den Vorhängen und dem Teppich.

«O Robert», weinte Betty und flüchtete sich in seine Arme. «Ich glaube, das halte ich nicht aus.»

Er schwieg. Ihm war schlecht.

«Bleib hier», sagte er schließlich. «Ich sehe oben nach.» Er lief hinaus, nahm zwei Stufen auf einmal und betrat zuerst ihr gemeinsames Schlafzimmer. Dort sah es genauso aus. Die Schubladen waren herausgezogen, Hemden, Blusen und Unterwäsche lagen überall verstreut. Das Bettzeug war heruntergerissen, und sogar die Matratzen waren vom Bett geworfen und aufgeschlitzt worden. Die Kleiderschränke standen offen; ob Kleid oder Anzug, ob

Hose, Jackett oder Rock – jemand hatte jedes einzelne Stück vom Kleiderbügel gezerrt. In den anderen Zimmern sah er gar nicht erst nach. Er eilte wieder hinunter, nahm seine Frau in den Arm, und dann bahnten sie sich gemeinsam einen Weg durch die Trümmer im Wohnzimmer und gingen in Richtung Küche. Davor blieben sie stehen.

Das Durcheinander in der Küche war unbeschreiblich. Fast jedes wie auch immer geartetes Behältnis war auf den Fußboden ausgeleert und anschließend zertrümmert worden. Der Raum glich einer Wüste aus kaputten Krügen, Flaschen und allen möglichen Lebensmitteln. Bettys selbstgemachte Marmelade sowie das eingeweckte Gemüse und Obst waren von dem langen Bord gefegt worden und lagen inmitten von Scherben auf dem Boden. Der Mayonnaise, dem Ketchup, dem Essig, dem Pflanzen- und dem Olivenöl war es ebenso ergangen. An der gegenüberliegenden Wand befanden sich zwei weitere Borde, auf denen ungefähr zwanzig hübsche große Glasgefäße mit Milchglasdeckeln gestanden hatten, in denen Reis, Mehl, brauner Zucker, Kleie, Haferflocken und dergleichen mehr aufbewahrt wurde. Sie lagen zerbrochen auf dem Fußboden, und der Inhalt ergoß sich aus ihnen. Die Tür des Kühlschranks stand offen, und alles, was sich darin befunden hatte – Essensreste, Milch, Eier, Butter, Joghurt, Tomaten, Salat –, war herausgeflogen und auf den hübsch gekachelten Küchenboden geklatscht. Die Schubfächer des Kühlschranks waren in den Matsch geworfen und zertrampelt worden. Die Plastik-Eisbehälter waren herausgeholt, glatt mittendurch gebrochen und weggeworfen worden. Sogar die mit Plastik bezogenen Stellgitter hatte jemand herausgerissen, verbogen und zu allem anderen auf den Boden geworfen. Die Flaschen mit den geistigen Getränken – Whisky, Gin, Wodka, Sherry und Wermut, dazu ein halbes Dutzend Bierdosen – standen leer auf dem Tisch. Es schienen die einzigen Dinge im ganzen Haus zu sein, die nicht kaputt waren. Der gesamte Fußboden lag unter einer dicken Schicht klebrigen Matsches. Es war, als hätte eine Rasselbande Kinder den Auftrag bekommen, einmal auszuprobieren, wieviel Unheil sie anrichten konnten – und durchschlagende Erfolge erzielt.

Nun standen Robert und Betty Sandy sprachlos vor Schreck davor. Endlich sagte Robert: «Unser schöner Diamant liegt vermutlich irgendwo da drunter.»

«Unser Diamant kümmert mich einen Dreck», sagte Betty. «Ich möchte den Leuten, die das getan haben, den Hals umdrehen.»

«Ich auch», sagte Robert. «Ich muß die Polizei verständigen.» Er ging zurück ins Wohnzimmer und griff zum Telefon. Wie durch ein Wunder funktionierte es noch.

Ein paar Minuten später war der erste Einsatzwagen da. Im Lauf der nächsten halben Stunde trafen ein Inspektor, einige Zivilbeamte, ein Experte der Spurensicherung und ein Fotograf ein.

Der Inspektor hatte einen schwarzen Schnurrbart und einen untersetzten, muskulösen Körper. «Das waren keine Profis», sagte er zu Robert Sandy, als er sich umgesehen hatte. «Das waren noch nicht einmal Amateur-Einbrecher, sondern schlicht und einfach Rowdies von der Straße. Gesindel. Pack. Vermutlich waren sie zu dritt. Diese Typen streunen rum auf der Suche nach einem verlassenen Haus, und wenn sie eines finden, brechen sie ein und durchstöbern es zunächst nach was zum Picheln. Hatten Sie viel Alkohol im Haus?»

«Das Übliche», sagte Robert. «Whisky, Gin, Wodka, Sherry und ein paar Dosen Bier.»

«Das werden sie restlos ausgetrunken haben», sagte der Inspektor. «Solche Burschen haben bloß zwei Dinge im Kopf; Saufen und Randalieren. Sie stellen alles Trinkbare auf einen Tisch, setzen sich davor und saufen sich toll und voll. Und dann legen sie los.»

«Sie meinen also, sie sind gar nicht in der Absicht gekommen, etwas zu stehlen?» sagte Robert.

«Ich bezweifle, daß sie irgend etwas gestohlen haben», sagte der Inspektor. «Wenn es Diebe gewesen wären, hätten sie zumindest Ihren Fernseher geklaut. Statt dessen haben sie ihn kaputtgeschlagen.»

«Aber warum tun sie so was?»

«Das sollten Sie ihre Eltern fragen», sagte der Inspektor. «Diese Leute sind Abschaum, der reine Abschaum. Mit der Erziehung stimmt's eben heutzutage vorn und hinten nicht mehr.»

Nun erzählte Robert dem Inspektor von dem Diamanten. Er berichtete ihm alles haarklein von Anfang bis Ende, denn er war sich bewußt, daß dieser Aspekt die Polizei höchstwahrscheinlich am meisten interessieren würde.

«Eine halbe Million!» rief der Inspektor. «Herr im Himmel!»

«Eher noch mehr», sagte Robert.

«Dann suchen wir danach natürlich zuerst», sagte der Inspektor.

«Ich gedenke aber nicht, höchstpersönlich auf den Knien durch den Matsch zu rutschen», sagte Robert. «Danach ist mir augenblicklich nicht zumute.»

«Überlassen Sie das ruhig uns», sagte der Inspektor. «Wir finden ihn schon. Das war ja ein cleveres Versteck.»

«Darauf ist meine Frau gekommen. Aber sagen Sie, Inspektor, und wenn sie ihn durch irgendeinen vertrackten Zufall nun doch gefunden haben...»

«Unmöglich», sagte der Inspektor. «Wie denn?»

«Sie könnten ihn auf dem Boden liegen sehen haben, nachdem das Eis geschmolzen war», sagte Robert. «Ich gebe zu, das ist unwahrscheinlich. Aber angenommen, sie hätten ihn gesehen, hätten sie ihn dann mitgenommen?»

«Ich denke schon», sagte der Inspektor. «Diamanten kann niemand widerstehen. Sie haben eine magnetische Anziehungskraft. Ja, wenn einer von ihnen ihn auf dem Boden hätte liegen sehen, hätte er ihn wohl eingesteckt. Aber machen Sie sich darum keine Sorgen, Doktor. Er wird schon auftauchen.»

«Darum mache ich mir auch keine Sorgen», sagte Robert. «Im Augenblick mache ich mir Sorgen um meine Frau und um unser Haus. Meine Frau hat Jahre darauf verwandt, unser Heim wohnlich zu machen.»

«Schauen Sie, Sir», sagte der Inspektor. «Was jetzt not tut, ist, daß Sie Ihre Frau in ein Hotel bringen und sich ein bißchen ausruhen. Morgen früh kommen Sie dann beide zurück, und wir fangen an, der Sache auf den Grund zu gehen. Inzwischen wird jemand hier sein und auf das Haus aufpassen.»

«Ich muß gleich morgen früh in der Klinik operieren», sagte Robert, «aber meine Frau wird versuchen, herzukommen.»

«Gut», sagte der Inspektor. «Es geht einem ganz schön an die Nieren, wenn einem das Haus so auf den Kopf gestellt wird. Es ist ein großer Schock. Ich habe das schon oft erlebt. Es trifft einen ins Mark.»

Robert und Betty Sandy verbrachten die Nacht im Hotel. Am nächsten Morgen um Punkt acht Uhr stand Robert im Operationssaal und begann mit den für den Vormittag anstehenden Fällen.

Kurz nach Mittag hatte er seine letzte Operation beendet, eine gutartige Prostata-Geschwulst bei einem älteren Mann. Er zog seine Gummihandschuhe aus, nahm den Mundschutz ab und ging nach nebenan in den Aufenthaltsraum, um eine Tasse Kaffee zu trinken. Doch bevor er sich den Kaffee holte, griff er zum Telefon und rief seine Frau an.

«Wie geht's dir, Schatz?» sagte er.

«O Robert, es ist so *furchtbar*», sagte sie. «Ich weiß gar nicht, wo ich anfangen soll.»

«Hast du schon bei der Versicherung angerufen?»

«Ja, gleich kommt jemand vorbei, der mir bei der Schadensaufstellung helfen soll.»

«Gut», sagte er. «Und hat die Polizei unseren Diamanten schon gefunden?»

«Leider nicht», sagte sie. «Sie haben den ganzen Modder in der Küche durchsucht und schwören, daß er da nicht ist.»

«Aber wo kann er sonst sein? Glaubst du, daß die Vandalen ihn gefunden haben?»

«Ich glaube schon», sagte sie. «Als sie die Behälter entzweigebrochen haben, müssen alle Eiswürfel herausgefallen sein. Sie fallen schon heraus, wenn du den Behälter nur ein bißchen verbiegst. So soll es ja auch sein.»

«Trotzdem hätten sie ihn in dem Eis nicht gesehen.»

«Aber als das Eis geschmolzen war», sagte sie. «Diese Leute müssen stundenlang im Haus gewesen sein. Zeit genug, daß das Eis schmelzen konnte.»

«Da magst du recht haben.»

«Er fiele einem sofort ins Auge, wenn er da am Boden läge», sagte sie. «So, wie der glitzert.»

«Oje», sagte Robert.

«Wenn wir ihn nicht zurückbekommen, werden wir ihn jedenfalls nicht sonderlich vermissen, Schatz», sagte sie. «Wir hatten ihn ja bloß ein paar Stunden lang.»

«Das stimmt», sagte er. «Hat die Polizei schon irgendwelche Hinweise darauf, wer da so gehaust haben könnte?»

«Fehlanzeige», sagte sie. «Sie haben zwar eine Menge Fingerabdrücke gefunden, aber die scheinen nicht von aktenkundigen Kriminellen zu stammen.»

«Das ist auch nicht zu erwarten», sagte er, «wenn es sich um Rowdies von der Straße handelte.»

«Das meinte der Inspektor auch.»

«Hör mal, Schatz», sagte er, «ich bin hier gerade fertig für heute. Ich hole mir schnell noch einen Kaffee und komme dann nach Hause, um dir zu helfen.»

«Gut», sagte sie. «Ich brauche dich, Robert. Ich brauche dich sehr.»

«Gib mir fünf Minuten, ich will ein bißchen die Füße hochlegen», sagte er. «Ich bin erschöpft.»

Im Operationssaal Nummer zwei, keine drei Meter entfernt, war der Oberarzt Brian Goff gleichfalls so gut wie fertig mit seiner morgendlichen Arbeit. Er operierte seinen letzten Patienten, einen jungen Mann, in dessen Dünndarm sich ein Knochensplitter festgesetzt hatte. Unterstützt wurde er von einem fidelen jungen Assistenzarzt namens William Butt. Gemeinsam hatten sie die Bauchdecke des Patienten geöffnet, und jetzt zog Goff ein Stück Dünndarm heraus und tastete es mit den Fingern ab. Es war Routinearbeit; man unterhielt sich lebhaft dabei.

«Habe ich Ihnen schon einmal von dem Mann erzählt, der lauter lebende kleine Fische in der Blase hatte?» sagte William Butt.

«Ich glaube nicht», sagte Goff.

«Während meiner Studienzeit», sagte William Butt, «hatten wir in Barts einen besonders unangenehmen Urologie-Professor. Eines Tages wollte diese Nulpe uns vorführen, wie man die Blase mit dem Cystoskop untersucht. Der Patient war ein älterer Mann mit Verdacht auf Blasensteine. Na ja, und in einem Wartezimmer der Klinik stand so ein Aquarium, in dem lauter winzige Fische schwammen, Neonfische heißen sie, die mit den leuchtenden Farben. Und einer der Studenten saugte etwa zwanzig davon in eine Spritze und schaffte es, sie dem Patienten während der Vorbehandlung, also bevor er zur Cystoskopie in den OP kam, in die Blase zu injizieren.»

«Das ist ja ekelhaft», rief die OP-Schwester. «Hören Sie sofort auf, Mr. Butt!»

Brian Goff lächelte hinter seinem Mundschutz und sagte: «Und weiter?»

Während er sprach, lag etwa ein Meter Dünndarm vor ihm auf dem sterilen Tuch, und er tastete noch immer mit den Fingern daran entlang.

«Als der Professor das Cystoskop in die Blase eingeführt hatte und hineinsah», sagte William Butt, «begann er vor Aufregung zu hüpfen und zu jauchzen. ‹Was ist, Sir?› fragte der Student, der die Sache eingefädelt hatte. ‹Was sehen Sie?› ‹Fische!› rief der Professor. ‹Hunderte von kleinen Fischen! Die schwimmen darin herum!›»

«Das haben Sie sich ausgedacht», sagte die OP-Schwester. «Es ist nicht wahr.»

«Aber sicher ist es wahr», sagte der Assistenzarzt. «Ich habe selbst ins Cystoskop geschaut und die Fische gesehen. Sie schwammen wirklich darin herum.»

«Von jemandem, der Butt heißt, war nichts anderes als eine faule Fischgeschichte zu erwarten», sagte Goff. «Da haben wir's», fügte er hinzu. «Hier ist das Ding, das den armen Kerl plagt. Wollen Sie es fühlen?»

William Butt nahm das hellgraue Stück Dünndarm zwischen die Finger und drückte zu. «Ja», sagte er. «Ich hab's.»

«Und wenn Sie hierher schauen», dozierte Goff, «können Sie sehen, wo der Knochensplitter die Schleimhaut durchbohrt hat. Sie ist bereits entzündet.»

Brian Goff legte die Darmpartie auf den Handteller seiner Linken. Die Schwester reichte ihm ein Skalpell, und er machte einen kleinen Einschnitt. Die Schwester gab ihm eine Pinzette, und Goff tastete in dem breiigen Darminhalt nach dem Fremdkörper. Als er ihn gefunden hatte, zog er ihn im festen Griff der Pinzette heraus und ließ ihn in die kleine Schale aus rostfreiem Stahl fallen, die ihm die Schwester hinhielt. Das Ding war mit einer hellbraunen, schmierigen Masse überzogen.

«Das wär's», sagte Goff. «Den Rest können Sie doch für mich erledigen, nicht, William? Ich müßte schon seit einer Viertelstunde unten in einer Besprechung sein.»

«Gehen Sie nur», sagte William Butt. «Ich mache ihn zu.»

Der Oberarzt eilte aus dem OP, und der Assistent machte sich ans Zunähen, erst den Schnitt im Darm, dann die Bauchdecke. Der ganze Vorgang dauerte nicht länger als ein paar Minuten.

«Ich bin fertig», sagte er zu dem Anästhesisten.

Der Mann nickte und nahm dem Patienten die Gesichtsmaske ab.

«Danke, Schwester», sagte William Butt. «Bis morgen.» Im Weggehen nahm er vom Instrumententisch der Schwester die Schale aus rostfreiem Stahl, in der sich das verschmierte Objekt befand. «Zehn zu eins, daß es ein Hühnerknochen ist», sagte er, trug es zum Waschbecken und begann es unter dem Hahn zu säubern.

«Du lieber Himmel, was ist das?» rief er. «Kommen Sie und schauen Sie sich das an, Schwester!»

Die Schwester kam und warf einen Blick darauf. «Modeschmuck», sagte sie. «Wahrscheinlich ein Stück von einer Halskette. Aber wie konnte er so was nur verschlucken?»

«Er hätte das Ding wieder ausgeschieden, wenn es nicht so spitz wäre», sagte William Butt. «Ich glaube, ich werde es meiner Freundin schenken.»

«Das dürfen Sie nicht, Mr. Butt», sagte die Schwester. «Es gehört dem Patienten. Warten Sie mal eine Sekunde. Lassen Sie mich es noch einmal ansehen.» Sie nahm William Butt den Stein aus der behandschuhten Hand und trug ihn unter das grelle Licht der Leuchte über dem Operationstisch. Den Patienten hatte man inzwischen hinuntergehoben; soeben wurde er unter Aufsicht des Anästhesisten in den Ruheraum geschoben.

«Kommen Sie her, Mr. Butt», sagte die Schwester. In ihrer Stimme schwang jetzt ein wenig Aufregung mit. William Butt trat zu ihr unter das Licht. «Erstaunlich», fuhr sie fort. «Sehen Sie nur, wie das Ding funkelt und glitzert. Ein Stück Glas täte das nicht.»

«Vielleicht ist es ein Bergkristall», sagte William Butt, «oder ein Topas. Irgendein Halbedelstein.»

«Wissen Sie, was ich glaube», sagte die Schwester. «Ich glaube, es ist ein Diamant.»

«Reden Sie keinen Blödsinn», sagte William Butt.

Eine Schwesternhelferin schob den fahrbaren Instrumententisch hinaus, und ein OP-Helfer half beim Aufräumen. Weder die eine noch der andere achtete auf den jungen Arzt und die Schwester. Die Schwester war etwa 28 Jahre alt, und nun, da sie ihren Mundschutz abgenommen hatte, entpuppte sie sich als äußerst attraktive junge Frau.

«Das herauszufinden ist kinderleicht», sagte William Butt. «Probieren Sie, ob er Glas schneidet.»

Gemeinsam gingen sie an das Milchglasfenster des Operationssaales. Die Schwester hielt den Stein zwischen Daumen und Zeigefinger, drückte das spitze Ende gegen das Glas und bewegte es abwärts. Es gab ein durchdringendes schabendes Geräusch, als die Spitze sich ins Glas fraß und einen fünf Zentimeter langen Kratzer hinterließ.

«Mann Gottes!» sagte William Butt. «Es ist tatsächlich ein Diamant!»

«Und wenn schon; er gehört dem Patienten», sagte die Schwester unnachgiebig.

«Schon möglich», sagte William Butt, «trotzdem war er heilfroh, ihn loszuwerden. Warten Sie mal. Wo ist seine Akte?» Er eilte zu einem kleinen Beistelltisch, griff nach einer Mappe, auf der JOHN DIGGS stand, und schlug sie auf. Darin befanden sich eine Röntgenaufnahme des Darmtrakts und der Befund des Röntgenologen. *John Diggs*, stand darin. *Alter: 17. Adresse: 123 Mayfield Road, Oxford. Offenkundig durch großen Fremdkörper bedingte Obstruktion im oberen Dünndarmbereich. Patient erinnert sich nicht, etwas Ungewöhnliches verschluckt zu haben, gibt jedoch an, er habe am Sonntag Brathähnchen gegessen. Das Objekt hat mit einer offenkundig scharfen Spitze die Darmwand durchbohrt; es könnte sich um einen Knochensplitter handeln ...*

«Wie konnte er nur ein solches Ding verschlucken, ohne es zu merken?» sagte William Butt.

«Das will mir auch nicht einleuchten», sagte die Schwester.

«Aber es ist zweifellos ein Diamant, so, wie er Glas schneidet», sagte William Butt. «Meinen Sie nicht auch?»

«Ganz sicher», sagte die Schwester.

«Noch dazu ein verdammt großer», sagte William Butt. «Fragt sich nur, wie rein er ist. Wieviel er wert ist.»

«Am besten schicken wir ihn gleich ins Labor», sagte die Schwester.

«Zum Teufel mit dem Labor», sagte Butt. «Wir machen uns einen Spaß und erledigen die Sache selbst.»

«Wie denn?»

«Wir bringen ihn zu Gold, dem Juwelier in der High. Der wird sich auskennen. Das verdammte Ding muß ein Vermögen wert sein. Wir klauen ihn nicht, aber wir werden verflucht noch mal rauskriegen, was es mit ihm auf sich hat. Machen Sie mit?»

«Kennen Sie jemanden bei Gold?» fragte die Schwester.

«Nein, aber das macht doch nichts. Haben Sie einen Wagen?»

«Mein Mini steht unten auf dem Parkplatz.»

«Prima. Ziehen Sie sich um. Ich treffe Sie dann draußen. Ihre Mittagspause fängt ohnehin gleich an. Ich nehme den Stein mit.»

Zwanzig Minuten später, um Viertel vor eins, hielt der Mini vor dem Laden von H. F. Gold auf der durchgezogenen gelben Doppellinie. «Egal», sagte William Butt. «Es dauert ja nicht lang.» Die Schwester und er betraten den Laden.

Drinnen standen zwei Kunden, ein junger Mann und eine Frau. Sie betrachteten eine Auslage mit Ringen. Die Verkäuferin bediente sie. Als die beiden eintraten, drückte sie auf einen Klingelknopf unter der Theke, und Harry Gold kam durch die rückwärtige

Tür in den Laden. «Ja», sagte er zu William Butt und der Schwester. «Kann ich etwas für Sie tun?»

«Könnten Sie uns vielleicht sagen, was der hier wert ist?» sagte William Butt und legte den Stein auf den grünen Stoffbezug der Theke.

Harry Gold blieb wie angewurzelt stehen. Er sah den Stein an, dann den jungen Mann und die junge Frau, die vor ihm standen. Seine Gedanken rasten. Immer mit der Ruhe, sagte er sich. Mach jetzt keinen Unsinn. Bleib ganz natürlich.

«Tja», sagte er so beiläufig wie möglich. «Das scheint mir ja ein hübscher Diamant zu sein, ein sehr hübscher sogar. Würde es Ihnen etwas ausmachen, einen Augenblick hier zu warten, während ich ihn in meinem Büro wiege und näher in Augenschein nehme? Dann kann ich Ihnen vielleicht seinen exakten Wert nennen. Nehmen Sie doch bitte beide Platz.»

Mit dem Diamanten in der Hand zog Harry Gold sich hastig in sein Büro zurück. Sogleich legte er ihn auf die elektronische Waage und wog ihn. 15,27 Karat. Genauso viel wie Robert Sandys Stein! Schon beim ersten Ansehen war er überzeugt gewesen, daß es sich um denselben handelte. Wer täuschte sich schon bei einem solchen Diamanten? Und sein Gewicht war der Beweis. Sein erster Gedanke war, sofort die Polizei zu holen, aber er war ein vorsichtiger Mensch, der ungern einen Fehler beging. Wer weiß, vielleicht hatte der Doktor seinen Diamanten schon verkauft. Vielleicht hatte er ihn seinen Kindern geschenkt. Schnell nahm er das Telefonbuch von Oxford zur Hand. Das Radcliffe-Hospital hatte die Nummer 249891. Er wählte und fragte nach Robert Sandy. Roberts Sekretärin meldete sich. Er sagte, er müsse in einer höchst dringenden Angelegenheit sofort mit Mr. Sandy sprechen. «Moment bitte», sagte die Sekretärin. Sie rief im OP an. Mr. Sandy sei vor einer halben Stunde nach Hause gegangen, erfuhr sie. Sie schaltete wieder um auf die externe Leitung und gab die Nachricht an Mr. Gold weiter.

«Wie lautet seine Privatnummer?» fragte Mr. Gold.

«Geht es um einen Patienten?»

«Nein!» rief Harry Gold. «Um Diebstahl! Um Himmels willen, gute Frau, geben Sie mir schnell die Nummer!»

«Wer spricht da, bitte?»

«Harry Gold! Ich bin der Juwelier in der High! Ich flehe Sie an, vertrödeln Sie keine Zeit!»

Sie gab ihm die Nummer.

Harry Gold wählte erneut.

«Mr. Sandy?»

«Am Apparat.»

«Hier ist Harry Gold, Mr. Sandy, der Juwelier. Ist Ihnen zufällig Ihr Diamant abhanden gekommen?»

«Ja.»

«Zwei Personen haben ihn soeben zu mir in den Laden gebracht», flüsterte Harry Gold aufgeregt. «Ein Mann und eine Frau jüngeren Alters. Sie wollen seinen Wert schätzen lassen. Sie warten draußen.»

«Sind Sie sicher, daß es mein Stein ist?»

«Absolut. Ich habe ihn gewogen.»

«Halten Sie sie auf, Mr. Gold!» rief Robert Sandy. «Reden Sie mit ihnen! Erzählen Sie ihnen Witze! Tun Sie irgend etwas! Ich verständige die Polizei!»

Robert Sandy rief im Kommissariat an. Sekunden später erzählte er dem mit dem Fall betrauten Kriminalbeamten die Neuigkeiten. «Wenn Sie sich beeilen, erwischen Sie die beiden!» sagte er. «Ich bin auch gleich da!»

«Komm, Schatz!» rief er seiner Frau zu. «Spring in den Wagen. Ich glaube, unser Diamant ist aufgetaucht, und die Diebe sitzen gerade in Harry Golds Laden und wollen ihn verkaufen!»

Als Robert und Betty Sandy neun Minuten später bei Harry Golds Laden vorfuhren, parkten davor schon zwei Streifenwagen. Und als sie hineineilten, herrschte drinnen rege Betriebsamkeit. Zwei uniformierte Polizisten und zwei Beamte in Zivil – einer davon war der Inspektor – umstanden den empörten William Butt und die noch empörtere OP-Schwester. Der junge Arzt und die Schwester trugen Handschellen.

«Wo wollen Sie ihn gefunden haben?» sagte der Inspektor soeben.

«Nehmen Sie mir diese verdammten Handschellen ab!» schrie die Schwester. «Wie können Sie es wagen!»

«Erzählen Sie uns doch noch einmal, wo Sie ihn gefunden haben», sagte der Inspektor sarkastisch.

«Im Bauch eines Mannes!» brüllte William Butt zurück. «Das habe ich Ihnen nun schon zweimal gesagt!»

«Kommen Sie mir nicht mit solchem Mist!» sagte der Inspektor.

«Du meine Güte, William!» rief Robert Sandy aus, als er hereinkam und die beiden erkannte. «Und Schwester Wyman! Was machen Sie denn hier?»

«Sie hatten den Diamanten», sagte der Inspektor. «Sie wollten ihn verkloppen. Kennen Sie diese Leute, Mr. Sandy?»

William Butt brauchte nicht lange, um Robert Sandy – und dem Inspektor – auseinanderzusetzen, wie und wo der Diamant aufgetaucht war.

«Nehmen Sie ihnen um Gottes willen die Handschellen ab, Inspektor», sagte Robert Sandy. «Sie sagen die Wahrheit. Der Gesuchte oder vielmehr einer der Gesuchten liegt in der Klinik und dürfte soeben aus der Narkose erwachen. Stimmt's, William?»

«Genau», sagte William Butt. «Er heißt John Diggs und liegt irgendwo in der chirurgischen Abteilung.»

Harry Gold trat vor. «Hier ist Ihr Diamant, Mr. Sandy», sagte er.

«Hören Sie mal», sagte die immer noch wütende OP-Schwester, «würde jemand mir in Dreiteufelsnamen erklären, wie der Patient einen solchen Diamanten verschlucken konnte, ohne es zu merken?»

«Ich glaube, ich kann es mir denken», sagte Robert Sandy. «Er hat sich den Luxus geleistet, Eis in seinen Drink zu tun. Dann ließ er sich vollaufen. Und schließlich verschluckte er einen angeschmolzenen Eiswürfel.»

«Ich verstehe es immer noch nicht», sagte die Schwester.

«Den Rest erzähle ich Ihnen später», sagte Robert Sandy. «Warum gehen wir nicht alle miteinander um die Ecke und trinken ein Gläschen?»

Roald Dahl

Es bleibt einem «zwischen Lachen und Entsetzen schier der Atem stehen». *FAZ*

**Charlie und die Schokoladenfabrik**
**Charlie und der große gläserne Fahrstuhl**
Deutsch von Inge M. Artl, Hans Georg Lenzen, Adolf Himmel u.a. Illustrationen von Michael Foreman.
336 Seiten. Gebunden

**Durch das Jahr mit Roald Dahl**
Deutsch von Adam Quidam. Illustrationen von Quentin Blake.
64 Seiten. Gebunden
Maulwurfmänner sind soo süß, aber miserable Liebhaber. Kuckucksbabys dagegen mörderische Scheusale... Amüsant und verschroben: Spaziergänge der anderen Art mit Roald Dahl.

**Die Giraffe, der Peli und ich**
Deutsch von Dorothee Asendorf. Illustrationen von Quentin Blake
80 Seiten. Pappband

**Hexen hexen**
Deutsch von Sybil Gräfin Schönfeldt. Illustrationen von Amelie Glienke
192 Seiten. Pappband

**Das Konrädchen und die Klitzekleinen**
Deutsch von Adam Quidam. Illustrationen von Patrick Benson.
48 Seiten. Pappband

**Matilda**
Deutsch von Sybil Gräfin Schönfeldt. Illustrationen von Quentin Blake.
224 Seiten. Pappband

Wunderlich

**Ottos Geheimnis**
Deutsch von Sybil Gräfin Schönfeldt. Illustrationen von Quentin Blake.
64 Seiten. Pappband

**Die Prinzessin und der Wilderer**
*Vier Geschichten*
Deutsch von Thomas Koch.
112 Seiten. Gebunden

**Reimtopf**
Deutsch von H. M. Ledig-Rowohlt. Illustrationen von Quentin Blake
80 Seiten. Gebunden

**Roald Dahls Rotzfreche Rezepte**
Rezepte zusammengestellt von Josie Fison und Felicity Dahl. Deutsch von Sybil Gräfin Schönfeldt. Illustrationen von Quentin Blake. Fotografien von Jan Baldwin.
64 Seiten. Pappband
Dahl-Fans jeden Alters werden dieses Buch als besondere Delikatesse verschlingen.

3625/1

# Roald Dahl

**Roald Dahls** Eltern waren Norweger. Er selbst kam 1916 in England zur Welt. Dahl nahm an einer Expedition nach Neufundland teil, meldete sich mit Kriegsbeginn zur Royal Air Force und war Kampfpilot in Nordafrika. Damals begann er jene schwarzen Kurzgeschichten zu schreiben, deren Pointe man nie vorauszusehen vermag. Seine «Küßchen» wurden in zahlreiche Sprachen übersetzt. Dahl starb 1990 in England.

**Küßchen, Küßchen!** *Elf ungewöhnliche Geschichten*
(rororo 835)

**...und noch ein Küßchen!** *Weitere ungewöhnliche Geschichten*
(rororo 989)

**...steigen aus... Maschine brennt...** *10 Fliegergeschichten*
(rororo 868)

**Onkel Oswald und der Sudan-Käfer** *Eine haarsträubende Geschichte*
(rororo 5544)

**Mein Freund Claud** *Erzählungen*
(rororo 12764)

**Kuschelmuschel** *Vier erotische Überraschungen*
(rororo 4200)

**Konfetti** *«Ungemütliches + Ungezogenes»*
(rororo 5847)

**Ich sehe was, was du nicht siehst** *Acht unglaubliche Geschichten*
(rororo 5362)

# rororo Unterhaltung

**Boy** *Schönes und Schreckliches aus meiner Kinderzeit*
(rororo 5693)

**Der krumme Hund** *Eine lange Geschichte*
(rororo 959)

**Im Alleingang** *Meine Erlebnisse in der Fremde*
(rororo 12182)

**Roald Dahl's Buch der Schauergeschichten**
(rororo 12629)

Im Rowohlt Verlag außerdem lieferbar:

**Georgy Porgy** *Gesammelte Erzählungen*
Deutsch von Fritz Güttinger, Wolfheinrich von der Mülbe und Hans-Heinrich Wellmann
448 Seiten. Gebunden

**Das Wundermittel**
Deutsch von Katrin Polz. Mit Illustrationen von Quentin Blake
128 Seiten. Pappband

3213/3